# 正心正念

## 凡事发生皆有利于我

思澜 著

江苏凤凰文艺出版社
JIANGSU PHOENIX LITERATURE AND
ART PUBLISHING

图书在版编目（CIP）数据

正心正念：凡事发生皆有利于我 / 思澜著. -- 南京：
江苏凤凰文艺出版社, 2023.12
ISBN 978-7-5594-8075-0

Ⅰ.①正… Ⅱ.①思… Ⅲ.①随笔 - 作品集 - 中国 -
当代 Ⅳ.①I267.1

中国版本图书馆CIP数据核字(2023)第210461号

# 正心正念：凡事发生皆有利于我

思澜 著

| | | |
|---|---|---|
| 责任编辑 | 张 倩 | |
| 图书监制 | 薛纪雨 | |
| 特约编辑 | 王城燕 王 迎 | |
| 装帧设计 | WONDERLAND Book design 仙境 QQ:344581934 | |
| 版式设计 | 姜 楠 | |
| 出版发行 | 江苏凤凰文艺出版社 | |
| | 南京市中央路 165 号，邮编：210009 | |
| 网 址 | http://www.jswenyi.com | |
| 印 刷 | 唐山富达印务有限公司 | |
| 开 本 | 880 毫米 × 1230 毫米 1/32 | |
| 印 张 | 7 | |
| 字 数 | 155 千字 | |
| 版 次 | 2023 年 12 月第 1 版 | |
| 印 次 | 2023 年 12 月第 1 次印刷 | |
| 书 号 | ISBN 978-7-5594-8075-0 | |
| 定 价 | 58.00 元 | |

# 自 序

什么是正心正念?

修行人讲究尊重因果,要不断地通过各种正向的意念进行自我补给。于我而言,正心正念更像是一种良性的自我心理疏导,自己为自己提供相对舒适的情绪价值,在平凡生活的缝隙里,攫取一线狭窄的光,然后打起精神,循光前行。

这是一种有趣的扭转,也是一次冒险的探索。

有一天,我路过彩票店,心血来潮刮了两张刮刮乐。二十元一张,买了两张,刮出来的结果令人哭笑不得,中了四十元。花四十,中四十。用现在流行词来说,等于玩了个"寂寞"。

我叹了口气,说:"人生有时候就是没意思,一通忙活,费了热情,耗了时间,到头来就是白忙活。"

我先生在一旁大笑,说:"白忙活就已经是好运气了。你以为彩票店都是靠什么活下去的?大多数人来一趟,都是赔多赚少的。没赔没赚，看着是白忙活，至少让你赚了个'没赔'。"

我顿了顿，细细琢磨，好像还真是这么个理儿。

有些人，活得就是这般润物无声，平平常常几句话，就把偏离的心扳回了正轨。他们总是擅长在漫漫长夜里摸黑前行，摔一跤就摔一跤，没有灯便没有灯，这些人总是有自己的法子，在长夜里把自己走成一盏灯。

夜里睡不着，被几个夜猫子朋友约去家里喝酒聊天。

没有推杯换盏，没有把酒言欢，就只有几个女孩子，手持半杯红酒，各怀心事，望向窗外万家灯火。

一段沉默在房内蔓延，不知道谁提议，聊一聊这几年各自的遭遇。

一个说，生意做得很不顺，辛苦攒到手四十万元，咬咬牙，跟朋友合伙盘下了商业街上位置最好的店铺，设计费前期铺进去十万元，合伙的朋友却半夜打来电话说要退伙，她思来想去，然后清算损失，两个人平分共担，自此一拍两散，之后的三年，再没找到好的项目。

"真是体验了一把'出师未捷身先死'的倒霉劲儿。"她叹，闷进去一大口酒。

"要是没有你朋友退股拆台这事儿，说不定你今儿连请大家喝个小酒的闲情都拿不出来。"我说。

"为什么？"她一脸惊讶。

"这三年，多少人生意亏得血本无归，你就只亏了前期设计费，手里好歹还有剩余。要是真干成了，说不定几年的工夫，全部的积蓄都折进去了。"

她反应了好大一会儿，笑了："真别说，确实有这个可能。本来我还总郁闷自己运气好差，现在竟然恍然觉得我恐怕是时代的幸运儿。"

另一个姑娘，在一旁托着下巴琢磨了一会儿，也开了腔。

"要这么说的话。我那谈了八年的前任劈腿新欢，我应该庆幸他没有在婚后给我来这一出，及早现了形，我也算是及时止损了。要是被这么一个两头糊弄的男人套上婚姻的牢笼，一番推拉纠缠，不抑郁也要脱层皮。"

于是，本该是一场闺蜜站队、唾沫纷飞的审判局，最后却变成了各自开解的怪局面了。

人类有时对当下局面的认知很奇怪，窝在里头打转，就是死局，跳出来转念再看，倒有可能成了千载难逢的好局面。

我有一段时间，对自己的写作状态很不满意，常常一觉醒来，就用被子使劲蒙住自己的头，试图用这种幼稚方式逃避一天的开始。我明显感觉到，自己身上有一种触角正在悄然退化。

最开始写作时，虽然没什么门路，居无定所，但我长着一双鹰一样的眼睛，可以随时准备捕捉人间的失意、落寞、爱而不得以及藏在哀伤背后从未讲出口的遗憾。

后来我有了舒心的写作环境和人际基础，却发现写东西的张力不知从什么时候起，正在慢慢钝化。

后来很长一段时间里，我才反应过来，人本身就是爱作的，肚子饱了想享受，享受到了想静静，孤独的时候想要冲入繁华，热闹的时候又要怀念孤单，任何当下所在，都不愿意承认是最好的。

写作是这样的道理，活着也是。

我大概用了三四年时间，只学会了一件事，便是享受当下。

种一块菜地，便专心打理，享受满手是泥；见几个老朋友，便不问繁杂，享受回忆的香醇；写一篇文章，便用最真诚的方式，享受我手写我心的畅意。

不问过往遗憾，不追虚无意义，不喝没意思的酒，不唱没风景的歌，不爱没自我的人。

这一生绝无仅有，我不再总想着努力把哪段时间按下快进键或者暂停键，我只是努力把自己内心的节奏调得跟时光的节奏一致，欣然游走于当下的处境里。

好的坏的搅合在一起时，我不再急着像在土豆丝里挑姜丝一样感到负累，而是主动跟想要的那部分好生活靠拢过去，心思一正，念头一正，想要的一切和喜欢的一切真就不疾不徐地都来到了我身边。

叔本华说，使我们快乐或者忧伤的事物，不是那些客观、真实的事物，而是我们对这些事物的理解和把握。

我想说，人生有无数荒诞的时刻，它们会用假象冲击你的三观，挑战你的底线，让你误以为好好走路似乎完全没有意义，但事实是，所有的意义无非与我们自己心底的理解与把握相关。

这么多年过去了，如果你依然能被一些细碎的细节所打动，你依然能被一些真诚的人和事所拿捏，你依然会在举起酒杯的时候致敬过往，你依然在身处低谷时仰望星空，那么你便是珍贵的真实，少数的存在，正心正念的所在。

不要去寻找意义，而是充满意义。

这温吞世俗煮不了屠龙少年，也煮不烂你我的初心不变。

正心正念，凡事发生便皆有利于你我。

以上。

敬你我，敬所有人。

思澜
2023 年冬于云南昆明

目录

## 第五章　无畏：若你决定灿烂，山无遮，海无拦

第一章

# 正念：凡事发生皆有利于我

我允许一切发生，也始终相信凡事发生皆有利于我。我允许事情是如此的开始，如此的发展，如此的结局，即使当下不尽如人意，但也终将在未来某天呈现于我有利的一面。

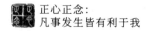

# 一重山有一重山的错落，我有我的平仄

●

朋友前不久在大理开了个港式茶餐厅。

那条街上有许多铺面不大的店，装修风格自成一派，店主也喜欢佛系经营，开店闭店的时间很随意。若是困了，便早早打烊，若是不想一个人回家待着，便坐在店里点一盏灯待到很晚，只是望着街面上的路人，心里也觉得满满当当。

有那么一个晚上，街面上的店似乎像说好了一样，都早早关了店。

在一片漆黑里，朋友灯火通明的店就成了路人深夜觅食的不二选择。

进来的是一个身着薄衫的老父亲。

脸上的沟壑拧成了一道泥巴墙，沾满泥浆的老式土布鞋和眼神中的不安，把他衬托得像一个误入这个城市的局外人。他身边站着一个生涩、内敛的女孩儿，看向旁人的目光带着礼貌的笑意，但很快就会收回去。

落座后，老父亲对着菜单看了好久，最后下了很大的决心，只给女儿点了一份牛河。

显然，茶餐厅菜品的价格比老父亲想象中要贵上一些，他不想让女儿在寒夜里挨饿，又不舍得给自己花钱，分明饿着肚子却说自己一点都不饿，憨笑着跟女儿说："等一会儿东西上来了要多吃一点。"

朋友站在不远处的柜台边，从这对父女零星的对话中了解了这位看上去跟城市有点格格不入的老哥，思考着他为何会来到这儿。

他从外地乡下来送女儿上大学，办各种手续，帮女儿安置方方面面，从早忙到现在，太晚了，想着带女儿出来吃点东西。

朋友其实也是内敛且不喜过度交际的人，那天竟厚着脸皮，去人家桌前上演了一段蹩脚剧情。

朋友说："二位客人，欢迎光临小店。凡在本店消费的顾客均可参与一次抽奖，最高奖可以免单！"

这已经是他能想到的、最好的化帮助于无形的办法了。

老哥让女儿从小盒子中抽出一张纸团，上面赫然写着两个大字"免单"。老哥看了看我，又看了看略显粗糙的"抽奖盒"，好像瞬间懂了什么。

见老哥诧异在那里，一时摆不出合适的表情面对这场突如其来的"免单"，朋友红着脸，又赶紧补了一句："恭喜恭喜！多点一些也没关系，你们这桌是免单的。"

老哥局促地坐在那里，浑浊的眼里闪过一丝光，不自在了好一会儿，最后起身鞠了一个躬，操着浓重的方言，说了一句朋友勉强能听懂的"谢谢"。

那天，得知自己无论点多少都可以免单的老哥，却死活不

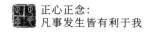
肯再加餐。对于能免掉的单已然心存感激，坚决不肯多占朋友更多的便宜。

无奈，朋友只好偷偷给他们点的餐加了分量。

你看，人与人之间的情绪会传染，善良也会。

**世间温暖常常环环相扣。**

**一个竭尽全力不动声色，一个哪怕生活困顿也要守住本心。**

**一次善意之举，在彼此的余生里，悄然在寒夜里添上了一抹生之勇气。**

●●

有一段时间，我的公众号的文章更新频率开始降低，我不再像刚开始写作时那样愿意去倾听陌生女孩的午夜心碎。

自己状态不好的时候，别人的难过只会令我焦躁。

有一天，偶然收到一封私信，是一个读初中的女孩子写来的，其实信很短，却透着一种超越她年龄的成熟与冷静。

她说自己得了严重的抑郁症，以至于无法正常上学，家人把她送去专业的医院里治疗，那个医院不允许用手机，她便把我的书全部买齐搬进了医院，放在床头，反复看，反复看。

失望的时候，流泪的时候，落寞的时候，感觉再也好不起来的时候，就从文字里寻找理解与共鸣，从而熬过了一个又一个夜晚。

她记得清我每一本书里的每一个细节，更记得那些刚好贴到她心坎里的安慰。

她说日子很难熬，但要谢谢我的文字在一直陪伴她，鼓励她。

她说她会一直支持我，直到生命的尽头。

小女孩用词太重了，以至于我看到那封信时心里感到很羞愧。

其实全职写作六年以来，我常常迷失自己，我确实可以靠写作赚到一些钱了，也成功尝试过一些心里很想写却不太受市场欢迎的题材。得到过，任性过，却丢失了最初的耐心和敏感，以前听到读者倾诉自己的不幸，真的会心急如焚，甚至夜里做梦都在婆婆妈妈地劝人家别犯傻，可现在听到有人跟我说爱而不得却不肯放手时，我只会在心里冷冷地说一句，你自己选的路你开心就好，反正旁人说什么你也不听。

那天看完她的信，心头一颤，便问她要了地址，给她寄了一个毛绒玩具和一本签名书。

她收到后，又来跟我说谢谢，依然带着怕打扰到我的礼貌与小心翼翼的感激。

其实，我更想跟她说谢谢。

她敲打了我写作的初衷，更新了我对写作意义的理解。

一个作者没了这些就会很痛苦。如坠冰窖，孤独又茫然。

可当一个真诚的人告诉你，她依靠着你的文字在一点点变好，那么接下来你笔下的每一个字都会越发地郑重和真诚。

**我们中的大多数，不过是平平无奇的普通人，竭尽全力也拯救不了万民。**

**我们能做的，不过是尽微薄之力，去温暖角落里的某一个人而已。**

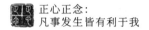

有一天，送女儿去幼儿园后，我顺道在门口洗了个车。

洗车的地方背阴，我紧了紧风衣的衣襟，走到能晒得到太阳的地方站了一会儿。晒得到太阳的那个地方刚好在幼儿园楼下。

当天学校里有外出安排，孩子们会在学校用完早餐后排队下楼，坐上校车去参加户外活动。

为了避免女儿发现自己的妈妈还没走后一时激动喊我，扰乱"民心"，平白给老师增添秩序管理上的麻烦，我默默躲在一辆车后边，想着等孩子们上了校车后再走到太阳底下。

没想到刚"猫"了一会儿，女儿的老师突然出现在了我面前。

她年纪不大，大概刚毕业不久，还没有学会游刃有余地跟各色家长周旋。

见到我，她羞涩一笑，迟疑了一下，张开双手过来轻轻抱了抱我："朵朵妈妈，你是不是落下什么东西不好意思给我打电话啊？我在楼上看到了你，还以为自己看错了，又怕真的是你遇到了问题，就下来看看啦！"

我赶紧不好意思地摆手，跟她说明了情况。

她"嗯"了一声，便说："那我回去接着上课啦！"

其实，她本不必跑下来这一趟。没人给她打电话，她也并不确定楼下站着的是自己认识的人。只是因为多了一层温柔的担心。担心别人明明有事，却因不好意思，傻等在门口几个小时不上来。所以才"白跑了一趟"。

就因为她白跑这一趟，我便知道她当时心里想说却没说出口的话："以后若是落下什么或是有什么难为情的事，记得找我说呀，我不会给您难堪的，千万不要不好意思。"

村上春树说，这世上肯定有某个角落，存在着能完全领会我想表达的意思的人。

**有时候，人跟人之间再近一步其实并不难，一切从心，去做一件"多此一举"的事，足矣。**

:::

夏目在《夏目友人帐》里说："我想成为一个温柔的人，因为曾被温柔的人那样对待，深深了解那种被温柔相待的感觉。"

这世间冷暖本就如此。

**被尖利的器物刺痛过，便记住了血腥。**

**被温暖的胸膛拥抱过，便记住了温柔。**

**想要活得开心，不必走遍所有的路。**

**一重山有一重山的错落，我有我的平仄。**

**只需记住那个善意的拥抱，然后在冷风掀乱落叶的时节，再去抱抱别人，就足够了。**

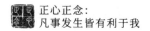
# 二
# 总有人愿意不管不顾地支持你

●

　　我曾在一个项目现场偶遇自己喜欢过的民谣歌手。一个有了一首成名曲后，再也没有新作品发行的歌手。

　　主办方一个朋友组的局，他刚好坐在我身边，吃两口菜，翻翻手机消息，有人问他最近过得怎么样，他说挺好，之后便都是敷衍的话。

　　朋友端起酒杯，来到我和民谣歌手中间，粗放地引荐了一番，说："你俩都是文艺派的，可以认识一下。"那种诡异的场合，给别人打上文艺的标签，真是尴尬。民谣歌手倒是爽快，落座后主动跟我聊了起来。

　　得知我几年前写了长篇小说后来又完全放弃之后，他一副老父亲恨铁不成钢的样子，不知道跟我这种萍水相逢的陌路人，哪来这么大的气。

　　"你得坚持写，写下去。喜欢写，就算再难也得找个理由坚持一下。"

　　我一时不知道怎么承接这份盛情，只是小声说了句："没有这样的理由，人总是要生活的嘛！"

我也没有胡说，读大学那会儿就写了长篇小说，可没头没脑地做了这些，也不知道路往哪儿走，摸索不到希望，就只能去上班。班上得久了，藏在心底的那点梦想，提都不敢提，怕人听了笑话。

民谣歌手突然压低了声音，凑到我耳边小声说："那就找个支持你的人啊！"

我没理解他什么意思，但凡是能找到帮自己打开局面的人，何至于半路就弃？

见我迷惑，他竟毫不手软地撒起了狗粮。

他说，这些年之所以没出新歌，是因为去追梦了。他打小就想做建筑设计师，做歌手只是个很偶然的事，他一开始也迷茫，后来遇到他老婆，每天给他打气，让他从头开始做建筑设计，果真就一路做过来了，现在在这一行里的名气虽然没有在民谣圈响亮，但也有了几个像样的作品，特别开心。

就这样？

我都惊了。这真实的故事比鸡汤还毒好吗？

理想的路上不该是开山辟路更重要吗？弄一个徒然给自己加油的人，有什么用？

等我后来真走上了全职写作这条路的时候才知道，有一个全心全意支持你的人，对于虚无缥缈的梦想来说，是有用的。

●●

我跟我家先生刚认识的时候，干了件不着调的事——裸辞。

他怂恿的。

见我整天为这几两碎银熬得眼珠子通红，三餐吃成了一餐，跟我说话我也是常常反应慢半拍。先生一拍桌子，便要我赶紧辞职。

给人打工这么多年，突然要我辞职，那是万万不敢的，毕竟我打工魂都有了。

比如，我即将晋升的下一个职位。

比如，关乎一顿大餐的全勤奖。

比如，我大言不惭地说："辞了我别的什么都不会干。"

先生一拍桌子："胡扯，你给我看过的长篇小说，是谁的'爪子'写的？"

我一愣，花了很长时间说服他：我把写作当成饭碗是完全行不通的。

先生打断我，只问了我一句："你喜不喜欢写？"

仅凭着一腔真心喜欢，便生生踏出来这样一条路来。

如今，我工作的内容变成了去做我喜欢做的事，每天都觉得好快活。

电影《季春奶奶》里说，人活在世上，再辛苦再难受，只要有一个人完全支持你，这些烦恼就会消失，这就是人生。

**人生如此，有一个人愿意不管不顾地完全支持你，你就能生出来许多勇气，用自己喜欢的方式过一生。**

∵∵

喜欢与爱，也是一样。

一个姑娘，单身很久，随意去见了一个同事介绍给她的男生，竟然生出了恋爱的欲望。

衣品、长相、个头、性格、喜好、小怪癖……样样都对她的"胃口"。

她以为自己的春天来了，万万没想到他是她的人间地狱。

热恋的时候，看到她跟别的男生讲话就跟她放狠话，她把狠话当成他甜甜的醋意。

可时间久了，他一次比一次失控，渐渐地，她发现了苗头不对。

这男生控制欲极强，而且，在精神控制她。

各种打压的话语，微信里、电话里、面对面、背地里……铺天盖地拃到她面前。

她用最快的速度提了分手。

有一次，我在写一个精神控制专题时，想知道到底什么样的姑娘不容易被精神控制。

我打电话采访她，她说："被坚定地疼爱过的人啊！"

我知道，她说的是他的初恋。

一场车祸，卷走了那个坚定喜欢过她的男孩子，可没有卷走她自此坚信自己永远会被善待的自信。

村上春树说，我告诉你我喜欢你，并不一定要和你在一起，只是希望今后的你，在遭遇人生低谷时不要灰心，至少曾经有人被你的魅力吸引，曾经是，现在是，以后也会是。

我们这一生，若是有那么一次被人笃定地选择过，那么无论未来遭遇怎样的惨痛，都会记得，自己曾是另外一个人眼里经久不息的光。

∵∵

林海音在《城南旧事》里说，人生就像是拼图，认识一个人越久，了解越深，这幅图就越完整。但它始终无法看到全部，因为每个人都是一个谜，没必要看透，也总是看不完。

轻视我们的人，会因为见过我们手腕上的一道疤痕，就宣布了解了我们的全部人生。

而笃定相信我们的那个人，就会把我们看成一块拼图。

我们是他们手心的宝，也是天上的星、海底的月，亲近又遥远，是需要花费一生的虔诚才能卒读的书。

无须高朋满座，无须光环加持，无须交给运气，你只需要记得这个人。

可能是遥远的知己，可能是曾经的爱人，可能是已故的亲人。

他们来过这世间，全心全意信任过我们。我们便可以手执那一盏灯，走过漫漫长路。

# 二

# 允许自己好好喘口气

●

在大理开客栈以来，隔三岔五就会有几个从天南海北跑来找我聊天的读者。

他们在网上和我聊天的时候舌灿莲花，甚至上飞机之前还大大方方地表达自己的殷切期盼与激动，仿佛是无师自通的自来熟。

可真正见上面时，就会立即变成脸红又寡言的人，拘束地拉着身后的行李箱，时刻准备着把自己发射回房间里，好用最快的速度躲掉见陌生人时的紧张与尴尬。

其实，这样的人我见过很多。曾经，我也是这样的。

隔着一条网线，你有你不为人知的故事，我有我不遗余力的相劝。可见着人家拔腿回屋，我竟也会长舒一口气。

尽管如此，我还是会极其庆幸：世界上会发生这样一次好笑又偶然的相见。不过我还是会拿出一副超能控场的架势，找个暮色与鞭炮花交相辉映的时机，主动把"逃兵"叫下来喝茶聊天。

因为我知道，如果不是心里堵得慌，如果身边但凡有个体己人，谁会千里迢迢跑到一个地方去见一个陌生人呢？

说是神交已久，说是灵魂知己，可还是治愈不了满是伤痕的人开口那一瞬的落寞与犹豫。

能鼓足勇气走出去见见别人的人，心里的苦通常已经溢到嗓子眼了。愿意相见，便已经是这些人给自己最后的希望。

他们心里想的是，出来走走，碰碰运气。万一自己走运，真就遇到一个待我真诚的人呢？

●●

每个人都可能会有一段喘不过气的时光。

学业的压力，生活的无趣，工作的失意，情场的荒诞……像煳掉的一锅粥，煳味弥漫在你的房间里。

你躺在床上反复想，饿死算了，可最终还是起身把那煳掉的粥倒掉，然后拿着钢丝球愤懑地刷着那些黑漆漆的污渍，再煮一锅新的粥。

"重新来过"四个字说得简单，可光是想想就好累啊。

你躺在床上，闻着那一锅煳掉的粥，想着自己暗无天日的鬼日子。越想越悲伤，甚至落下泪，你索性下了结论，好像根本没有任何一天真正快乐过，心里好像也没有真正住进过任何人。

于是，你看着手机上未读消息的小红点，感到莫名焦躁。听到电话进来，不是想要不要接，而是忍不住想把手机砸烂。

被这样窒息的低气压包围不了几天，你就会感觉自己快要崩溃了。

很多读者问我："这个时候，该怎么让自己积极起来啊？"我说："不用忙着积极，先怎么舒服怎么做呗！"

其实，我说的只是我自己。

每当我感觉自己极度悲观，内心快被痛苦填满的时候，首先做的不是强迫自己去写作、去学课、去搞出一些暂时的成就感来安抚自己的空虚。而是找阳光最好的位置，晒一晒太阳；翻出自己最得意的长裙，穿一穿；穿越几条街区挤在人群中买一杯最中意的咖啡，喝一喝；翻一翻通讯录里想念了好久的人，见一见……折腾完这么几件简单的事，心里就畅快了好多。

从低谷上岸，哪来那么多及时的进取心，从深渊到云霄，是人都要喘口气。

我们熬不住的时候，都该允许自己好好喘口气。

所以，我总是觉得，每当感到自己被无望淹没时，最好的办法是放下一切，先让自己舒服起来。

**••**

我熟悉的一个姑娘离婚了。

从八年的婚姻里走出来，像误闯了一场别人的梦。

在那段婚姻里，她活得像个单身女青年：大半夜突然出门，没人问她是要去加班，还是遇到了什么难事；几天不回家，没人问她跟谁出去了，为什么不回家；一天不吃饭，没人发现她窝在沙发上脸色惨白地躺了一天……不知道从哪个年头开始，在同一个屋檐下生活着的两个人，已经各过各的了。

起初，她理解的感情破裂，总该是要经历点什么风浪才会走到这一步。可轮到自己时，她傻眼了。

仔细想想，没有第三者，没有喋喋不休的争吵，没有复杂的家庭纠纷，可两个人的亲密关系，就这样无声无息地散成了一盘沙。甚至想找个人吐槽一下都找不到像样的槽点。

父母劝的话无非是："你对象一没出轨，二没赌博，只不过爱玩玩游戏，不大会关心人罢了，你发什么疯，非要离婚？""日子不就这样？跟谁过不都是越过越淡……"

于是她去公司躲着，可公司里的日子也不太平，她的薪水在当地算高的，被老板使唤起来，24 小时都必须在线。她感觉自己活成了一个牵线木偶。

分内的、分外的，该她做的、不该她做的，只要老板发话，她都得去做。

婚姻、事业，在同一个时间点，彻底坍塌。

而且这种坍塌，是外人共情不了的坍塌。

人人觉得你对象好脾气，人人觉得你工作好待遇好，你若不满，那就是"作"。

这姑娘在那段日子里，开车的时候都是恍惚的，在红绿灯前反应不过来，身后的喇叭声刺痛了耳膜，她才勉强缓过神来，跟着车流往前走。

受不住了，于是跑到我这里来躲清静。手机关机，电脑也没带，一个人眯着眼睛坐在我的院子里晒太阳，手里没有书，眼睛里也没有期待，要不是天气冷，一呼吸就冒一缕白烟，任谁都得哆哆嗦嗦地拿手指试探她的鼻息。

我问她："为什么给自己准备这么多安眠药？"

她笑："一开始真想给自己做个了结，可给我安眠药的人告诉我，这东西吃多了影响身体机能。"

我笑了，说："你一个一心求死的人，还担心这个？"

她伸了伸懒腰，一本正经："那能不担心吗？万一没死成，或者死到半路又后悔了，半死不活，那还有什么意思？"

这倒是。

我们都挺珍惜自己的，只是一个人窝在漆黑的角落里时，感受不到这份心底的珍惜。

姑娘在我这待了几天就买了返程的机票。

我惊了，这来去匆匆，什么都没干，岂不是白折腾一趟？回去还是要面对那堆烂摊子。机场送别，我还是没忍住问她："事情都解决完了？"

她一愣，一阵大笑："说什么呢？怎么可能！我什么都没做。"

"那你现在回去能行吗？"

"行啊，我现在不想死了，想活着，健康地活着。"

后来我了解到，姑娘离了婚，也遇到了珍惜她的另一半，至于工作，她提出来辞职后，老板悔过了，不仅给她涨了薪资，也不敢不分昼夜地使唤她了。

莫名其妙的，一切都回到了她心里想要的平衡。一切都刚刚好。

人生真是一场奇遇。

我们被困住的时候，想的总是去解决问题。自己解决不了，就求助这个，求助那个。

明明都不是短时间内就能将明白的事，可总是妄想通过一次旅行、一次谈心、一位贵人，就能把所有的麻烦事一揽子解决。

可越是慌张，越是着急把事情解决，事情就越卷成一团乱麻。

**最难熬的时候，我们最该做的，其实不是力挽狂澜，而是活着。**

**有活着的信念，才有好好活着的机会。**

见一面的意义，有时候就是让你找到无意义的美好。

**在意义里扎了太久，就会活得苛刻，样样都要值得。**

**而你却从未想过，到底值不值得，只有你自己说了算。**

钱锺书在《围城》里说："约着见一面，就能使见面的前后几天都沾着光，变成好日子。"

这话说得太暖了。

可能在现实里，即便出去跟谁见了一面，我们的生活也没能发生什么大的改变。但见一面之前的期待，是活人才有的欣喜；见一面之后的回忆，是活人才有的记忆。

也许，你心里并没有太想相见的人，没关系。穿上你最喜欢的那件风衣，洗把脸，把头发梳整齐，踩着皮鞋下楼走一走，去看看街头市井的陌生人。

他们贫瘠，忙碌，眼含秋水；他们匆忙，落寞，心深似海；他们像我，也像你。

无所谓。

只是，你得让自己挣扎着去碰点不一样的人气儿，暖的、冷的，往身上过一过才知道，往后余生，随便走，都不会比现在更差劲。

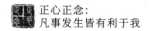
# 四
# 无所得时也是得

●

　　一个朋友小艾因为事事不顺辞掉了工作，在家"摆烂"一段时间后，在一个个难熬的雨夜突然爬起来，给我们每个人打电话，说要出来喝一场"顺气儿酒"。

　　其实，我们倒是对小艾口中的"顺气儿酒"略知一二。

　　她说的"气儿不顺"，是因为最近有点"点儿背"，事事都不顺。

　　车子好心借给朋友开，被撞了，倒是不严重，就是那个朋友仗着她上了全险，竟然毫无歉意，可这车子一送修，她连着打了半个月网约车，每天早上一打开打车软件就特来气。

　　好不容易谈了一个处得来的男朋友，脾气相投，也门当户对，两人都觉得到了可以结婚的时候了，男方这方突然蹦出个红颜知己，说是纯洁关系。可这是她的底线，他必须二选一。结果事情闹到家长那里，所有人都说是她不懂事，一怒之下，她亲手斩断了这段姻缘。痛快是痛快，但免不了失落，觉得投入了这么久的时间和感情，总归替自己不值。

　　工作上也不顺心。自己带出来的徒弟，明里"师父"长"师

第一章　正念：凡事发生皆有利于我

父"短亲昵地叫着，背地里却联合别的部门背叛她。用小艾自己的话说："真想当场自戳双眼。"

在多做多错的形式下，小艾索性给自己请了个小长假。

只是，才躺了没几天，她就受不住了，约我们出来喝点，说要泄愤，批判一下命运不公。几个姑娘倒是仗义，她一叫，都出来陪她了。但就是没人给得出来有效的建议。

小艾大着舌头来拉我的手："大作家，不然你给我推算推算，我这坏运气啥时候能过去啊？"我笑，说："完全过去我看是够呛了，但好运气和坏运气一直都是成对出现的，就等着吧！"小艾气得直拿手肘往我胸口上撞，说我不靠谱。

**其实，倒不是我故弄玄虚，不敢把话往实处凿。而是，命运的牌面本就如此，极其公正又极其不公正。**

**短期来看，全是坏的。长期来看，就会发现，其实这一路的起起伏伏，挺平衡。**

● ●

比如小艾，经历了朋友借车这件事，侥幸不是大事，他也就只能坑她这一回，可万一她还没认清对方的人品，那么将来或许还有一个更大的坑在等着她。

男朋友本来是个让她样样中意的人，可唯一的缺点就刚好踩在你底线上，这怎么能在实实在在地结婚过日子，蒙混过去？周围人说你矫情，可你要明白，大家的底线本就不同，万一你

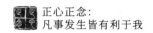

忍着结了婚，又反过头来觉得恶心怎么办？识人和瞧病一样，早发现早治疗，以后的胜算才能更大。

对于同事更是这个理儿。这世上人心换不来人心的事太多了，利益的战场上永远有阵营，一时的倒戈只会让所有人认清投诚者的属性，他背叛得越彻底，职场形象崩塌得就越快、越彻底。

这世事的起伏高低，就像把人绑在了过山车上。高处有高处的恐慌，低处有低处的居安思危，没有一样是事先能说定的。

甩掉品行不端的朋友，甩掉隐藏颇深的渣男，甩掉人前一面人后一面的人精，你才能来一次真正的蜕变。

变成知道什么人真正可交的智者，变成值得下一个更好的自信女孩，变成在职场上雷厉风行的职业女性。

**困扰我们的事，不一定就是坏事。**

**人这一辈子，不过就是一个不停地将磋磨我们的坏事变成好事的过程。**

**不是谁比谁幸运，而是谁比谁更敢直面疾风。**

**哪怕最终一无所得。无所得时也是得。**

之前一个学妹在微商时代抓住机会了，真正成了吃到螃蟹的人。

可到了直播时代，她没钱投进去了，因为自己把钱都砸在了网店的服装生意里，眼见自己闺蜜像模像样地搞起了直播带货，真是眼馋到不行。

可很快，她闺蜜的团队就散伙了。

学妹后来悄悄跟我说，因为闺蜜团队在选品方面出了好几次问题，搞砸了直播信誉，卖什么都不再有粉丝捧场了。当时为了多赚点差价，闺蜜还特意进了一些库存货，这下风口没起飞，又守着一堆库存犯了难。

学妹说，还挺庆幸自己当初没筹到钱去搞团队做直播，因为这个闺蜜做事的套路跟她很像，否则要担试错成本的就是她了。

你说好事和坏事之间，到底是什么关系？

错过一班车，兴许躲过了一场车祸。错过一个人，兴许就在转角遇到了不可思议的一生所爱。错过一次机会，兴许就成了比中彩票概率都低的幸运者。

**流年不利，人人都会遇到。但我们始终要明白，厄运与幸运，其实都是对我们的一种考验。厄运要考验我们是否坚忍，幸运要试探我们是否克己。**

为了能够安然接受好事临头，我们便在坏事当前时咬着牙坦然面对。要承认好的坏的，都是风景。就像欧·亨利说的，人生是含泪的微笑。

**唯有慷慨以赴，唯有好坏全收，唯有洒过热泪，我们才有资格为自己的人生打上微笑的底色。**

# 五
# 若没有人来，就做自己的光

●

我读高中的时候，最喜欢的时刻就是作文本发下来那一刻。

一到手，我会仔仔细细地去看语文老师给我勾勾画画的每一处记号，仔细阅读评语里的每一个字，然后欣喜，或失望。

欣喜他读懂了。

失望他忽略了。

那个时候，我会把写作文当成天大的事情来对待，加上每次我的作文都会被老师当成范文在课堂上读，我对语文老师的期望就随之攀升。

对，你没看错，是我对他的期望，不是他对我的。

我希望老师每次都能对我的文章提出一些自己的理解，还希望他在评语区一次比一次写的字多，可有段时间希望持续落空。

连续有半个月左右，发下来的作文本上没有任何勾勾画画，也没有仔仔细细的批注，就只有一个字——阅。我对这个字简直恨之入骨！甚至还暗地里跟自己较劲。心想，既然你不用心批改，下次我也不这么用心地写作文了。赌完气，还在下一篇作文里含沙射影地批评这种糊弄的做法，结果恰巧，这篇作文被老师看到了。

评语果然不再是一个"阅"字了，而是一句这样的话——太阳要广照，星星莫苛求。

看完这句话，心里一凉。

那恐怕是我此生第一次，对于期待落空有了认真的思考。

我翻了翻前桌同学的作文本，又翻了翻同桌的作文本，都只有一个"阅"字而已。

**你看，希望落空是人生常态，没有人例外。**

●●

后来受邀回学校做新书分享，当年教我的语文老师也坐在台下。我在台上讲自己当年读高中时做的那些傻事，听得他一愣一愣的。他甚至都不记得自己曾在我的作文本上写过这样一句话。

但他还蛮庆幸，我这颗星星还好没有因为太阳有时候照得没那么"上心"，就自暴自弃，放弃了夜里自己跑出来发光的想法。

其实，直到今天，我依然很厌恶等待。

有人说，等待有时候很美好啊，等春暖花开，等对的人来。

可多数时候，等待压根不是这么回事。

就像尼采说的，许多人浪费了整整一生去等待符合他们心愿的机会。为了这个机会的到来，很多人停在原地什么都做不了。睡不好，吃不好，做什么事都心神不宁，似乎只要事情未尘埃落定，世界就不转了似的。就这样为了等到最想要的那个选项，白白浪费了一生。

其实尼采说的并不夸张，很多人确实都会莫名执着于等待。把精力都放在关心别人会不会背弃我们上面，就会取决于经营自己。这才是等待带给人真正的无底黑洞。

**等待，没有承诺，更没有边际，是不是一场空取决于对方一句话。可我们偏偏把此生荣辱赌在这上面。**

没了经营自己的心思，又没等来想要的结果，这一生，稀里糊涂就到头了，这才真的是一场空。这跟写了作文等老师来批改是一个滋味。

这一生漫长，我们绝不敢把毕生的希望都放在旁人怎么看、怎么说上，或许人家并没有把你当回事，也或许对方的行为并非故意。总之，若你一直死脑筋，只管傻等不管前路，这一生便彻底毁在原地了。

如此，你会生出怨怼，生出愤懑，生出"人人都对不起我"的畸形想法，活活把自己逼上了一条谁都说不通的邪路上，再也没有了从头再来的勇气。

前几年，一个网络作家朋友找我一起写稿。

我笑："写稿是一个人一间屋的事情，凑到一块还能写出稿子？凑到一块儿，就只有吃喝玩乐。"她说："那可不一定。"

她有个稿子，等了半年才等来了选题会的结果：被拒了。

原因不是她写得不够好，而是题材不够新，那家公司为了减少同质化产品，硬是拒了她的作品，为此，她生了很大的气。因为她为那篇稿子光是构思就投进去一年的时间，她觉得在等选题结果的那半年很屈辱。用她的话来说："感觉被渣到了。"

听她这么形容，我笑疯了。

她气冲冲地说："这跟渣男有什么两样？行就是行，不行就是不行，干吗拖着我？"

我说："是你自己愿意等的啊，也是你非要从人家那里找安全感的，等选题结果哪有干等的？肯定是写着新的等着旧的呀！"

她一拍桌子："我这个人很单纯的，没办法一心二用，等消息的时候就是写不进去，这个选题可是我未来五年计划里的头等大事。"

我突然想起她前段时间发的朋友圈，才反应过来："不对，你这稿子不是有着落了？你不是给它换了个平台，订阅成绩还很棒吗？"

她嘿嘿一笑："被渣了，还不许有新恋情？不然我哪有心思打着写作的名义出来找你散心呀！我现在学聪明了，最长一个月，不行就撤稿，到时候谁也别遗憾。安全感还是得自己给自己。"

你看，安全感向来遵循这样的逻辑：期待本就不绝对，安全感向来是自己给自己的。

你越是将全身心赌到一处，越是会为自己无法掌控的不确定性焦躁不安。你越是坚毅直面，提前为自己备好 Plan B（备用计划），决策的压迫感反而会减半。

绿灯再长，对一个不打算过马路的人来说也是无用的。就像张爱玲在《小团圆》里写的："雨声潺潺，像住在溪边，宁愿天天下雨，以为你是因为下雨不来。"

你总该知道，下雨只是你心里不肯承认的借口，该来的，天上下"刀子"也会来；不想来的，即便你为他修一条天宽地阔的路，他也觉得此行万难。

成年人面对等待，总要识趣。所有的"正好"，都有它不疾不徐的节奏。等待的那股子劲儿一旦过了，便就过了，千万别跟自己较劲。

**这世上之事从无两全，只有取舍。**

**等不来心上人送伞，就自己打车回家；等不来对方的秒回，就放下手机下楼买菜；等不来该有的尊重和结果，就开辟一条新的路去别的赛道上成全另一番风景。**

总之，若等不来你想要的，就记得自己做自己的光。

# 六
# 一笑了之的事，不必用眼泪冲洗

●

以前读书的时候，因为失恋，我曾一个人跋山涉水地跑到一个陌生的城市旅行。

说是旅行，其实就是逃避疗伤。

打了一辆车，坐在后排闷闷不乐，司机师傅似乎注意到了我情绪不对，但也非常礼貌地没有多问。过一会儿，头顶上的云彩黑乎乎地压下来，突如其来就下起了一场大雨。

我惊呼："天啊，师傅，你们这里的雨下得好突然，没有任何征兆就直接下这么一场大暴雨啊。"

师傅笑："就是一块云彩的事，没什么好奇怪的。"

没等我反应过来，那场急雨突然又停了，落在脸上的，又瞬间变成和煦的明媚。

师傅说："我们这儿的雨，都下在固定的一块云彩下边，走两步，逃出这块云彩，就又是好天气。"

我一下愣住。

心口的沉闷，像是一块尖利又顽固的冰凌，在某个不经意的瞬间，缓缓化成了一地的清澈。

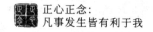
人就是会如此。

难过的时候，总是要死盯着一块黑压压的云彩，向全世界
宣告天空从未拥有过太阳。可太阳始终照在伤心人不肯抬眼看
去的角角落落。只是人一旦陷入伤心的怪圈，就容易闭上双眼，
只顾抚摸着那块早已结痂的疤痕，看不见穿过山间的风，听不
到润入万物的潺潺雨声，感受不到家人闲坐灯火亦可亲。

● ●

我写作写到没了滋味时，常常就会跑去跟一些年长我许多
的老爷子、老太太聊天。那时我就发现一个奇怪的事情。

人老了，不管这一生过得有多普通，都可坐在墙根下，听
着远处的教堂沉闷的钟声，晒着太陷入阳回忆，多半会觉得自
己这一生壮丽而美好。

这些老人听说我是个写书的之后，都很激动，颤颤巍巍地
要求我教他们写一部自传，要记录下这辈子的重要时刻，要把
自己的这份不朽传阅给自家的一代又一代小辈。

我当时就觉得，人好像越老越乐观了。

熟悉了之后，我有时会故意唱反调问他们："就没有特别
后悔的事吗？"一个忘年交老友就跟我说，那时候觉得天大的事，
现在觉得都是小事。

老人的睿智，像是来源于生存的本能。

**一个人，若一直被怒气蚕食，让遗憾牵绊住脚步，到老了，**

便只能日日活在郁郁寡欢的阴影里。

那些常年在墙根下晒着太阳聊起过往满脸皆开朗的老人，这辈子也并不是活得尽是畅快与得意。相反，他们在长长久久活下去的本能里，教会了自己要及时清理。

**清理爱而不得的遗憾，清理巅峰荣耀时的沾沾自喜，清理本该再进一步时的年少懦弱，清理年轻时始终化不开的火热仇恨。**

后来，他们也并不是想开了，而是想明白了什么更重要。

俞敏洪曾说："一个人最重要的能力就是清理能力，过去发生的事情已经过去了，那就让它过去。"

**让今天的不快乐到此为止，大概是一个人始终有勇气去面对明日之光的重要能力了。**

$\because$

一个小读者，在中考前非常焦虑，常常半夜三更跑来给我留言说自己没戏了，因为平常成绩就很一般，到考前更不敢奢望有奇迹出现。

他问我："是不是考不上好高中，这辈子就真像有些大人告诫他的那样'毁'了？"

我就问他："那你说，我写了十好几年文章了，始终没拿过什么顶尖大奖，也没有什么拿得出手的荣誉，那我的人生便毁了吗？"

小读者说："小轨姐，你那怎么能叫毁了呢？至少你写的文章很多人都特别爱看啊，我经常去你评论区看大家给你写的留言，这些还不能证明你的价值？"

我被他的安慰逗笑了。

我说："你小小年纪，安慰起别人来倒是一套一套的，你要是把安慰别人的两下子拿来安慰自己，你也不至于带着这么重的包袱上战场。"

半晌，他又很突兀地回了我一句："可是人间不值得。"

十三四岁的孩子，又来跟我说什么"人间不值得"。

我在电脑前拍了桌子，气冲冲地说："你管人间值不值得，你先管好你自己有没有辜负这人间。"

很多人，活得真悲观。

窗帘一拉，便由着自己往那无边黑暗里深陷，越是蓬头垢面不出门，越是觉得自己已经无药可救地毁了。

这长长的一生，怎么可能会被一场考试彻底毁了呢？彻底毁掉一生的，只有不停犯错、借机沉沦的废物，而不是犯了错后还敢拉开窗帘迎接朝阳的勇士。

约翰·肖尔斯说，没有不可治愈的伤痛，没有不能结束的沉沦，所有失去的，会以另一种方式归来。

我虽不敢担保，是否拥有绝对的平衡，但有一样，我倒是敢把话说得掷地有声。

**一笑了之的事，不必用眼泪冲洗。不开心、不顺当的事，翻篇了就不要再反复嚼了。**

**苦口良药都是一口闷的好，喝得越磨叽，苦涩就越多。**

伤痛能不能治愈，沉沦能不能结束，只看你愿不愿意把这一页给揭过去。所以，今天的不开心，还是到此为止吧！

就像微博账号"德卡先生的信箱"发的，生活就是要你用那一二分的甜，去冲淡八九分的苦。

**生活里哪来那么多平白无故的甜啊，还不是你一笑了之然后才换来的山河无恙、重见天光。**

# 七
# 风吹哪页读哪页，花开何时看何时

●

连我自己都没想到，我能在大理定居，而且一住就是六七年。

很多人会把"诗与远方"看成一时兴起。但在"诗与远方"里扎扎实实地过起日子，可能就是另一番滋味了。

当我的陈年旧友们猛然发现我竟然真能像个小老太太一样，在一个陌生的城市安营扎寨、种菜施肥、溜溜达达时，她们竟都十分认真地问起我同一个问题："轨，你跟我说实话，你当初为什么会选择留在大理？"

这个问题，我很早就有了答案。

换一个城市生活，当然需要理由。这理由不但要能说服旁人，也要有足够的力量说服自己。否则，你住下来的每一天，都会活在怀疑与摇摆不定里。不确定的生活，是很难有幸福感的。

当时从南京辞职后，刚好从一段高压的状态里释放出来，整个人既如释重负，又彷徨迷糊。要什么，不要什么，我不清楚，也害怕去想。担心万一一想，发现自己其实做了一个错误的决定怎么办。于是就只能硬着头皮，换一座城市走走停停。

我拉着一后备厢的被子、行李，找了一家客栈认认真真地住下来，当我扛着电油汀走进大院的时候，客栈老板都震惊了："小轨，你是拉着整个家在旅行吗？你后备厢里怎么什么都有啊？"

我彪悍一笑："我不是在旅行，我是在找家。"

我不光这么说，也这么做了。

客栈那几日住进来的很多年轻姑娘，每天都化着浓妆来敲我的门。

"走，去蹦迪。"

"走，去撸串。"

"走，去人民路找你的'天长地久'。"

我蓬着一头乱发，踩着大拖鞋，头一歪，说："我不配。"

她们嘘声一片，用怜悯的眼光毒打我一番，终究还是扭着花枝招展的腰奔赴繁华深处了。

我把自己收拾利索后，背上电脑和书，开着车来到一处街角，找到阳光刚好隔窗洒入的角度，规规矩矩地停好车，把椅背放平，摊开一本书，翻了不到十页八页，身上就被晒得热乎乎的，那种天然的温度把身上的每一处细胞都攥得温热，长期熬夜透支的身体突然有了一种回血的感觉，这让我兴奋不已，甚至还用化妆镜照了照自己发红的小脸，猛然感到一阵紧张——遗失好多年的少女感好像突然回来了一点。

这可是冬日的清晨啊！我这辈子都没敢奢望过，还舍得拿冬天的早晨晒太阳。

在这之前，我的早上，只会肿着眼皮，写着PPT，多数时

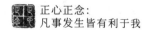
候手里还攥着一张冷透了的小饼。

从那以后，我继续以这样的老太太模式躺在车里，一边看书一边晒太阳，这样的日子竟度过了一个月之久。

大理最热闹的所在，我没去过。

大理最刺激的人群，我没接触过。

我只是用最肆无忌惮的方式，连续晒了一个月的太阳，便确定了要在这个城市长期生活下去的心意。

**我有时候就想，阳光或许才是坏日子里最好的滤镜。**

一时刺激，一次偶遇，一次彻夜交心，可能会对不太称心的当下有一定效果，但充其量不过是一剂麻醉，一觉醒来，漫漫长路，一地鸡毛，还是需要你洗把脸，一点一点去收拾明白。

人生前路，偶有迷失，需要拿出足够的时间，到阳光下晒晒，慢慢渗透明白。

**有些事情，你自己想不明白，换一万座城市都没用。**

**不如松弛一点。风吹哪页读哪页，花开何时看何时。**


•  •


每年回到老家，都很羡慕那些排在墙根下晒太阳的老头老太太。

以前的房子是土坯房，屋脊上长出几根枯黄的茅草，掉落螺丝的老木门被风掀得吱嘎吱嘎地响，老头老太太往门框上一倚，缺掉的门牙像断裂的风琴，在笑声里混着晶莹的唾沫，弹奏出浑浊的曲子。

如今老房子被拆完了，进村的路变成了平整大路，村子不叫村子，都改成了小区的名字，可一进主干道，你就知道，自己没走错。

还是那一架架油漆剥落的"老风琴"，一人一个马扎并排在墙根下说些什么，又或者不说些什么。扎在那里，在有人经过的时候一起齐刷刷地扫视，在各自的脑海中紧密地检索着刚刚路过的青年是哪家的光屁股小孩儿。

小时候，我最不理解这种对待光阴的态度："既然没几年活头了，剩下的时间还不抓紧去做要紧的事，整天挤在墙根下晒太阳，不是纯粹浪费时间吗？"

我跟我妈掰扯自己的大道理，我妈白我一眼："等你老了，你就知道了。"

我顶讨厌大人说什么"等你长大了，你就知道了""等你老了，你就知道了"诸如此类的话。

道理就是道理，说得清就说，说不清就不说，怎么还要等？

后来自己忍着肉疼，十分奢侈地在清晨的太阳底下晒过、"浪费"过时间，才明白了我妈说的那句"等你老了就明白了"。

很多事情，只有时间里有答案。这件事情，急不得，也教不会。

**你体会过阳光对于自己的重要，你感受过阳光游走在每一寸肌肤里的热烈，你了解过人间日常的平凡与应付嘈杂的拙劣，你就能从中汲取到属于自己的活法。**

经历，胜过所有的道理。

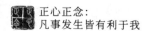
伍尔夫在《一间自己的房间》里写：不必行色匆匆，不必光芒四射，不必成为别人，只需做自己。

确实。

越是糟糕的日子，越是不要急着赶路。

坏日子之所以坏，不过是走着走着，自己搞不清哪些是别人期待的，哪些是自己想要的。

这个时候，阳光里有答案，时间里亦有答案。

要想做成自己，得花时间让阳光一寸一寸经过自己的皮肤肌理，然后才说得清愿不愿意。

不要眼眶一红就说一句"人间不值得"。

人间值不值得，答案只属于阳光拂过的每一颗蔬果。

**你能从中看到光，你才能侥幸成为光。**

第二章

# 独醒：我生已悦己，而非他人所困

　　不必给自己指定条条框框，随缘而生即可。对于长长的一生而言，一时的高低说明不了什么。向前走吧，慢也好，步子小也好，是往前走就好。

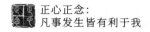
# 把时间用在刀刃上

有件事，说给你们听，你们可能会感到滑稽。

每年的最后一天，我先生都会定一个餐厅，开一个我们两个人的年会。

很多人可能一听就想笑，两个人还要开什么年会？家里饭桌上一聊不就行了？开年会不都是有几百号人的团队才有必要干的事吗？两口子开什么年会？

其实，我们的二人年会已经坚持开了六个年头了，以后应该还会一年又一年开下去。

这种看上去多此一举的事，我俩为什么会年复一年地做这么久呢？

其实，不光是因为觉得这种仪式感蛮有趣。我们会向彼此一本正经汇报上一年度的得失、成绩与遗憾，然后各自制订新一年的家庭KPI。对于判断一致的就互相打气鼓励，出现分歧的就让对方再综合考虑一下。

另一个更残酷的原因是，我们实实在在感受到，人活在这个世界上，真的是不进则退。每一年都会解决掉一些旧的问题，每一年也会面临新的问题。

之前百试百灵的法子突然行不通了，之前好不容易摸索出来的进阶模式落地不了了，之前写出来的爆款文章再也翻不出浪花来……之前很多让你引以为豪的事情，在今天看来，突然成了自己也解释不清的"幸运时刻"。

我一直都知道，不光是我们搞创作的，其实所有人，都在年复一年寻找着新的出路。

**探索新方向，向来都是人生这盘棋里的关键一步。**

这一步走对了，便能上一个台阶。走错了，就只能做一个"奋发"的庸人。

· ·

前几天，跟一个五年未见的网文作家弟弟在咖啡店聚了一下。

其实我站在旁观者角度来看，弟弟这一路发展得算是极其平顺了。

第一本书就是个大爆款，卖了影视版权，买了大房子，从学生一跃成了一线全职作家。

可弟弟有自己的苦恼。

出道即巅峰，固然是好，可如果后边的轨迹是一路下滑呢？有几个人能心平气和地面对这种职业轨迹呢？

我虽跟弟弟的赛道不同，我是写纸质出版物的，他是写网文的，但遇到的困难惊人地相似。

我人生中的第一本书《很感谢你能来，不遗憾你离开》，是目前为止卖得最好的一本书。再后来，六年的时间里，我一共出了 10 本书，随笔、短篇小说、长篇小说，各种体裁我都在努力地尝试、突破、总结，试图再进一步，可结果不过是眼看着自己一路起起伏伏、跌跌宕宕。却始终未曾超越。

弟弟说，在长达五年的写作生涯里，他最大的长进就是看淡自己的起起落落。

他把第一本书的惊人成绩归功于运气好。但我们搞创作的都知道，好就是好，烂就是烂。一样东西，写完的那一刻，不用拿给别人看，我们自己就知道它会有个怎样的前途。但如果单看写作质量，随着这几年的阅读与阅历的沉淀，其实无论格局还是文笔，他现在的文章其实是比第一本书要好一些的。

可成绩为什么始终超不过自己最初的"运气"呢？

**因为人的出路，比的不光是自己身上的本事。**

**还要看选择、局势、机缘等很多。**

你有过硬的本事，固然能帮你更好地破局。

一旦推开各自选的那扇门，每个人会走上一条和别人截然不同的路。

弟弟说，这段时间，他打算只身去往边境，看山看水，看地貌，看风土人情，看一片疆土溢出的历史气息，看陌生又温柔的炊烟，看一朵花的褪色与枯萎。

仔仔细细地拿眼睛去看了，拿手去抚摸过了，在那里想要发生的人和事就敢说了算了。

弟弟是写架空历史小说的，下一本书写什么，他也有点迷茫，毕竟类似的架空历史小说他写过很多本了。

旧的沉寂，新的未知。

**在旧路上找到新打法，还是直接换条新赛道，这是每个人每天都在面临着的难题。**

如何一朝破局，我不知道。

我唯一知道的是，人越是想要在迷茫的时候拓出一条新出路，越是要做点实实在在的事，越是要把时间用在刀刃上。

不要总是妄图全面发展，见什么都想凑上去试试运气，那从来就不是普通人上升的路径。像我这种普通人，越是得到过一点微不足道的成绩，越该知道，选到自己兴趣所在的赛道后，就别往别处瞎想了。

最后的王者，只能是那些把时间精力专一地用在某一个细分领域上的人，在这个领域内埋头深耕，不断研究，逢山开路，遇水搭桥，早晚会有成就。

∵∵

老子在《道德经》里说："上士闻道，勤而行之；中士闻道，若存若亡；下士闻道，大笑之。不笑不足以为道。"

通俗点说，上等人听了道的理论，努力去实行；中等人听了道的理论，有时记在心里有时则忘记；下等人听了道的理论，哈哈大笑。不被嘲笑，那就不足以称其为道了。

其实按照原意来看，这种通俗的释义用上、中、下去区分人，并不切意。不过无妨，这不是我想说的重点。

我想说的重点是，人生，来来回回其实就是那么点事。

很多人努力到一半的时候常常会发慌，见着身边的人风一样越过自己便乱了章法，担心选错了路，白白付出。

大可不必。

对于长长的一生而言，一时的高低说明不了什么。

梳理梦想清单，用时间分解大目标……很多人都会，但大家会因为各种各样的痛苦、压力，甚至是借口拖着、散漫着、愤怒着、彷徨着、呜咽着，一辈子浑浑噩噩地度过了。

但每个人都要在压力下做出选择，这就是现实。能沉溺在自己构建的迷茫里得过且过一天，就能以这样的方式得过且过一年。

还是那句话，越是没出路的时候，越是要把时间用在刀刃上。

专注在刀刃上久了，利刃就能亮出那道引领你走出泥淖的光。

从来就没有更好的路，只有你认清后选择并坚持下来的路。

这条路，是通往更好的未来的唯一之路。

# 二
# 有能力爱自己，才有余力爱别人

●

前些年，一个朋友的父母突然来北京看她。这本该是件开心的事，却把她愁得魂不守舍。因为她父母和弟弟一直以为她在北京过的可是"天上的日子"。

为了不让家人失望，她央求我开车陪她去机场接家人，这样家里人看到她朋友多少有点排场，自然也会对自己的女儿的处境比较放心。

本来也不是什么过分的请求，我便一口答应下来陪她去了机场。只是万万没想到，她给家人订了北三环上的一家五星级酒店。

这家人下车的时候确实开心了，手舞足蹈地夸女儿出息了，却没有注意到自己女儿咬着牙请他们吃了晚餐后，还要坐 2 个小时的车回到全北京最边缘的村子里去，挤在村民自建的小公寓里，继续过着吃个馅饼都要计较牛肉馅还是素馅划算的辛酸日子。

我站在酒店门口问她："你明天不是还要大老远跑过来陪着家人四处转转？回去俩小时，来又俩小时，不如在附近找个

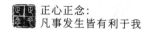
连锁酒店住下来。"

她摇头："没事，没事，我就不花这个冤枉钱了，反正我的时间不值钱，明天早点起床赶过来，也来得及。"

看到她这副无限善良的样子，有时会恨得牙痒痒。

她真的是极好极好的姑娘。对家人，对同事，对朋友，但凡有五分的力，就出五分，但凡有十分的好，便一定舍出十分的好去待人。

**遗憾的是，有些人一辈子善待了那么多人，却唯独亏欠了自己。**

• •

很多人，不管走多远，好像始终都陷落在原生家庭的荒原里。

倒不是说原生家庭一定不好，或者是原生家庭在无形中给我们束缚了太重的枷锁，而是我们本身，总是忍不住无限讨好家人。

可家人更关心的，始终都是你在外边过得累不累、开不开心。

他们大老远跑过来，不过是想偶尔参与一下你的生活，不管是以荣誉感相贺，还是以温情相关怀，都始终不过是你漫长一生里偶尔的光，而游客散尽后的狭窄夜路，终究要靠你一人提灯前行。

**在爱自己这件事上，没有人会比你做得更好。**

你可以对自己严格，但请不要待自己严苛，甚至否定自己。

什么叫你的时间不值钱？什么叫你的温饱不重要？

卓别林在《当我真正开始爱自己》中说道："当我真正开始爱自己，我才认识到，所有的痛苦和情感的折磨，都只是提醒我：活着，不要违背自己的本心。"

所有为他人的苦闷，所有打碎牙齿往肚里咽的豁达，都不过是纷扰世界的梦魇。

等梦醒了，你要收拾的依然是你自己的在意与感受。

∵∵

慧子是我们当中最后一个离开北京的姑娘。

初到北京，我们个个豪情万丈，即便住着最廉价的合租房，依然确信这一生只要够拼，就能留在北京，就能有朝一日"荣归故里"。

经过五六年，各自经历了起起伏伏后，大家天南海北地各自纷飞，还有的姑娘直接回了老家过起了滋润日子。

最后就只剩下慧子一人。

有一次去北京出差，我约她出来吃饭，一见面，便把我吓了一大跳。平日里最灵光的一个姑娘，拉垮着一张脸，头发也被汗渍浸透了，尽管能看得出来，为了千里迢迢赴这一面之约，她应该着急忙慌在路上补过口红了，但脸上依然透着一种透支的疲惫。一问，才知道她又换工作了。

薪资比原先高一点，职位也比原先高一点，但熬夜次数翻倍了。在公司加班时，由于吃饭不及时得了急性肠胃炎，在来找我之前，自己还提前拔了针管。

若不是我看出来不对，按照她原先的性子，大概会对这一切只字不提。

我把给她买的吃的喝的塞到她手里，她推托。打车送她回去的路上，她一声不吭。下车站在原地朝着她招手，她木在灯影下一动不动。我猜在她回头那一刻，一定满眼是泪。

她问我，是不是看得出来，她现在过得并不好啊？可是她不甘心就这么走了，这些年都熬过来了，她总觉得再咬咬牙就能看到曙光了，可遗憾的是，她根本不了解自己的进度条。

我叹，问她，那你该听过希腊神话里西西弗斯的故事吧？

西西弗斯被众神惩罚，需要日复一日地将巨石推上山顶，只是，每当快到达山顶时，巨石再一次滚落山底。于是，西西弗斯就只能在设定的这般惩罚中，循环往复、永无止境地苦上这一辈子。而你，明明没有这样狠心的神如此这般惩罚你，可你还是把自己过成了西西弗斯。

她怔了良久，苦涩一笑："有什么办法啊，你不知道我老家的人有多势利，我得证明给他们看，我得混出个样子来，替我妈争口气。"

我拍拍她："可你不爱自己，你又拿什么来爱你妈呢？你不在乎自己的胃，也不在乎自己心里的难过，才会由着那些无关紧要的人跑来对你说三道四啊。"

那次分别后没多久，慧子去了上海。

看上去似乎没什么改变。依然是漂泊，依然是搬砖。

但在那里，她找到了不需要狂奔追逐的工作节奏，又在恰当的时机遇到了不需要贬低自己就可以轻松配得上的男朋友。

所幸，一个以往为了前途可以把自己扔在脚下碾成渣渣的女孩，终于懂得了如何周全自己的余生了。

**爱自己，并不是鼓励躺平。**

**爱自己，是要努力在茫茫人世间找到一个适合自己的节奏。**

**忙碌而无暇抑郁，早睡而无暇乱想，然后日出而作、日落而息，缓缓向前，心中有光，不至于被这无趣的生活吞没。**

如此，你能守护得了自己，才动得起周全别人的心思。

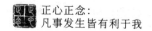
# 三
# 回不去的日子就让它过去吧

你们见过的最轴的人是什么样子的？

我给你们讲一个。

大二那一年，一个和我关系不错的女孩子，突然来跟我借相机。

我问她，是终于决定要出去散散心了吗？

她摇摇头，说，不是，就是想跟他来一场告别旅行。

她说的告别旅行，是拿着她的奖学金和借来的相机，带着那个一个月前突然跟她提了分手的男朋友，来一次最后的温存。

我没劝她，任她去。

她本就是个不听劝的人。

本来这男孩似乎没那么喜欢她，只是觉得她随叫随到，之后便稀里糊涂走到了一起。任何一个他感兴趣的事情，都比她重要得多。

人人都看得出来，这算是哪门子爱情。可她就不听，日日迁就，夜夜小心，还是分手了。她不甘心，低声下气地求来了这一场最后的温存。

等她找我还相机时，身上还穿着那件重金买下，为了让自己显得更上镜的米白长裙，眼睛里却全是熬出来的红血丝。

"这下死心了？"我忍不住问。

她点头，眼睛里噙着泪。

"我花钱找了专业的摄影师给我们拍了一组照片，夜里他睡着的时候，我想修出几张来，想让他永远记住我们最后在一起的样子。可打开他电脑的文件夹一看，跟我的合影都被删干净了，只留下了他自己的单人照。"

回不去的爱情真是可笑，没有天荒地老，却总会有出人意料。

**有些爱情，不过是耗尽一生，换来对方一句"有可能"。**

**但是你若还珍视自己这条命，就该知道，所谓长大，就是再也不要去做徒劳的事，既然注定要走，那你就一定要走在对方前头。**

●●

还有一种轴，更是难以理解。

一个相识多年的朋友，前几天突然住进我的民宿。

白天看着蛮好，租法拉利，穿小吊带，看到市集上有人弹琴，她就上去伴舞。她朋友圈展示的，全是一个豁达姑娘的放飞姿态。

可到了晚上，却有一地的啤酒易拉罐，还有抹不完的鼻涕，说不完的醉话。

她这段感情，听着便令人头秃。

她漂亮，男朋友家境好，起初是他死缠她。当时追她的男孩不少，可她偏偏中意了他。在一起第一个月，她就发现两个人完全不是一路人。

那些起初花在她身上的心思，那些海边的心形蜡烛，那些蹲下来给她系鞋带的小说情节，后来经男朋友的前任提醒才知道，不过是复制粘贴而已，她以为的独一无二，其实是男友批发给每一任女朋友的礼物。

她大闹，希望对方低头认错，结果男朋友说，要不，算了？

她怔住，没同意，也没反对。

只过了两天，男友又想她，跪在她面前求复合。

她想都没想就同意了。

和好后，她加倍地细心待他，就在他庆幸自己得亏没有弄丢她的时候，她直接干净利落地"人间蒸发"，一个人带着糨糊似的恩怨情仇，空降到了大理。

电影《绿皮书》里说，世界上有太多孤独的人，害怕先踏出第一步。

其实，你比任何人都更早知道你们根本不合适，只是，你害怕先踏出第一步。

被人舍弃，你便犯了轴。

和好后没有了安全感，是很多人都逃不开的宿命。

回不去，就是回不去了，你想跟他掰扯清楚，就只能一边犯轴，一边把自己往深渊里推。

就像《赎罪》里说的，很多时候，蒙蔽我们双眼的，不是假象，而是我们的执念。之前看过一句话，没有回音的山谷，不值得你纵身一跃。以后再轴起来的时候，想想这句话吧。兴许管用。

••
••

最近再看《甄嬛传》。

看到齐妃跟皇帝那场戏，依然觉得这段算得上是男女相处方面教科书式的名场面。

皇帝突然驾到齐妃宫中，齐妃欢欢喜喜地换上粉色衣服，自言自语道："皇上最喜欢本宫穿粉色了。"

可皇帝进门后，压根儿没拿正眼看过她。

皇帝专心看着手里的书，见齐妃一直站着，就喊她坐下。

齐妃以为皇帝关心她，赶紧说："臣妾站着伺候皇上就行了，臣妾不累。"

皇帝倒是直接："你挡着朕的光了，朕怎么看书啊。"

齐妃给皇帝端茶："皇上，夜里看书伤眼睛，喝杯菊花茶，醒神的。"

皇帝说："你不是才让朕喝了参汤吗？"

齐妃自己又找话："皇上，三阿哥又长高了。"

皇帝又说："都成年了，还长高啊。"

最后皇帝烦了，索性吐槽她："这身衣服不好看，以后别穿了。"

齐妃愣住，怯怯道："臣妾记得，皇上最喜欢臣妾穿粉色了。"

皇帝反讽："粉色娇嫩，你如今几岁了？"

这让我忍不住想起了《大话西游》里铁扇公主和至尊宝的一段台词：

以前陪人家看月亮的时候，叫人家小甜甜，现在新人换旧人了，就叫人家牛夫人。

当真像张爱玲在《半生缘》里写的那般，面对一个不再爱你的男人做什么都不妥当。衣着讲究就显得浮夸，衣衫褴褛就是丑陋。沉默使人郁闷，说话令人厌倦。要问外面是否还下着雨，又忍不住不说，疑心已问过他了。

别再拿着过去的种种，来跟眼前人置气了。

**过去的细节是你打动他的理由，也是如今他厌倦你的理由。就是这么残酷。**

想对你们说的是，很多过去的事情，开场有多美好，结束就会有多潦草。你万般纠缠，也还是要不回一个囹圄的道理来。但有一样，你总要记着。你总不能因为吃饭的碗打了，就再也不吃饭了。

电影《怦然心动》里有段台词，我一直十分受用。

"有些人浅薄，有些人金玉其外而败絮其中。有一天，你会遇到一个彩虹般绚丽的人，当你遇到这个人后，会觉得其他人都只是浮云而已。"

我一直知道自己本就不是什么幸运的人，但秉承着这句话，沉着心思咬着牙，侥幸终遇良人。

而你，又怕什么？

所以，别犯轴。

回不去的日子就让他过去吧。

**总要有一次，用"干净利落地转身就走"来证明"我爱你"这三个字，到底有多珍贵。**

# 四
## 幸运的人在爱里，不幸的人在"饼"里

·

五一回大理，遇到了一件令我唏嘘不已的事。

那天停好车往家里走的时候，身后隐约跟上来两团湿漉漉的黑影。

一路试探性地跟着我，我快，黑影就快，我慢，黑影就慢。

我猛地定住，回身一看，是两只黑猫。

一老一小，身上的毛都打结了，像是一对在外为生活奔波了好一段日子的拾荒母子。

两"母子"一路跟到我家院门口，就不往里去了。

小的观察了一会儿，就直接从铁门防护栏中间的缝隙进到我院子里，歪着脑袋看我进屋。

老的一直规规矩矩地坐定在我家院门外，假装心不在焉地扭头看向一枝光秃秃的象牙红。

等我从屋里端了吃的来，小猫毫不客气地冲上来一通放肆，老猫睨了我一眼，抖了抖身上的毛，继续看那枝用来缓释尴尬的秃树枝子。

我立马会意，原来这是当着我面儿放不下高贵的身段，我

躲进去便是。

果然，我一回屋，老猫就冲上来吃了个欢腾。

第二天，二位溜溜达达地又来了。

只喂了一回，小猫一见我，就熟稔地往我裤腿上蹭来蹭去示好。

而老猫，还是跟我这熟练地演一出头颅高贵不吃嗟来之食的戏码。

规矩我懂。

连续喂了几日后，我刚好要去朋友居住的小岛上度几天假，寻思这种流浪猫，肯定习惯了四处寻摸吃食，未必会日日上门记挂着我这一茬，便在食盆里给二位添置了一些吃的，心无旁骛地玩去了。

从岛上回来的那天，是个傍晚。

一开院门，空荡荡的。

上了几个台阶，正要开屋门，"嗷"一嗓子，我连滚带爬退了出来。

我的老天爷！

过了一会儿，是谁恶作剧往我家门口扔了几只死老鼠！

稍稍平复了心口的惊吓，正要气呼呼地去查监控。先生扯了扯我衣袖，说，兴许是它俩，拿了耗子给我们，报恩来了。

"报恩？有这种报法的？"我诧异反问。

"谁让我们这几天没在家呢，它们还以为我们像从前的主人一样，兴致来了就管几顿饭，厌弃了就一走了之呢，这大概

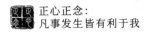

是那只老猫最后的示好了。"

猫还有这心思？反正我是不大信，便较真地去查看了监控。

监控里，这几天老猫天天带着小猫来我家院门口转悠。

小猫轻车熟路地直接钻我院子里，老猫不管来吃过多少回饭，吃完后依然规规矩矩地坐在门口，守门猫一样，半步也不肯逾矩。

直到昨天，老猫第一次威风八面地叼着死老鼠径直进了我家院子，往门口一放，冲着玻璃上的窗花叫了几声，发现无人回应后，眼睛里盈盈有泪，良久，才带着小猫怅然离开。

看到这里，我心里猛地沉了一下。

觉得这猫生，似乎恰如人生。

**小时候，我们喜欢谁，便一定会想方设法叫对方知道，一点点多愁善感也要渲染得感天动地。**

**长大了，我们便学会了伪装与隐忍，不管有多动容，不管有多在意对方，只要不确定结果，能给外人看到的，就永远只有不动声色的冷漠。**

韩寒说，所谓成长，就是在一次次接近，一次次远离中，寻找一个彼此都不太受伤害的位置。

猫是如此，人也是。

• •

我有一个发小，家境不错，年少时追一个男孩子追了四年，追得人尽皆知，在人家放学路上堵，情书被退回来追人屁股后边哭，穿了新裙子去给人跳舞，羞得她妈妈下楼买菜都是绕着墙根避着人群走的。

还好，疯癫四年，她得偿所愿，终于把人追到了。

为此，她在自家楼下的餐厅里大宴了三天宾客。

别人请人吃席，会因为生日，会因为大婚，唯有她，会因为苦追多年的男孩子终于追到了，能如此这般大张旗鼓地宣扬得人尽皆知。

我问她，就不怕来吃席的人，嘴巴上"恭喜恭喜"，转头就跟人说你没皮没脸？

她笑道："我还怕这个？我能锲而不舍地追同一个男孩子追四年，谁也敢谁来一个试试啊？"

二人婚后的第二年，我在街心公园遇上她混迹在一群老年人中跳广场舞，很是震惊。

"你才二十啷当岁，怎么就开始跟人老年人争舞王之位了？"我问。

她大喘着气，扬起脖子喝了一口保温壶里的水，拉着我在长条椅上坐了下来。

"反正闲得慌。"

"家里出事了？他怎么没陪着你？"我试探着问。

她一怔，大笑："能有什么事？我男神超忙的，一堆正事等着他，要经常出差干大买卖，不像我，闲人一个。"

见她故作轻松的样子，我反倒难过。

相比于那个绝不退让、死磕到底的小女孩，现在的她，竟知道主动为别人找借口来骗自己了。

离婚后，她来大理找我聊过一回。

我问她："是不是男人出轨了？"

她要摇摇头，说："那倒没有。"

我很惊讶，因为按照她的性子，这个霸占了她整个青春的男神，只要不犯下原则性大错，她定然会打着哈哈糊弄过去了。

又何至于决裂？

她笑着说："离婚是我提的，觉得到火候了，这些年，我太把他当成情绪垃圾桶了，太把他当自己人了，太过头了。他倒是没有离婚的心思，觉得这样也能过，但我觉得还是算了吧，怎么着我也得长大一回吧？别让他瞧不起。"

我听完眼圈一红。

想了很久，关于她口中所谓的"长大"。

长大是什么？

长大是无论对友情、亲情还是爱情，我们都开始主动讲起了分寸。

他们说，别客气，有事就说话，咱俩谁跟谁。

年少时，你一定信以为真，毫不保留地依赖，不留后路地信任。

**长大后，你心里终于知道，哪怕再无坚不摧的关系，哪怕是海誓山盟的爱情，都要靠分寸感去维系。**

**借钱要及时还，说话要算数，买单要有来有往，不爱了要**

识趣退场。

**那些曾让你内心崩塌的飙泪瞬间，如今都变成了人前毫发无伤的坦然。**

你看，在这人间，就像我上一本书所写的，总有一次忍住不哭，让我们瞬间长大。

塞林格在《麦田里的守望者》一书中说："长大是人必经的溃烂。"

既然避无可避，那就索性在那个忍住不哭的深夜，身披铠甲，从此走上截然不同的一生。

．．
．．

在一次颁奖典礼上，被称为"香港武侠电影开山鼻祖"的导演楚原，在他八十多岁高龄时，拿到了终身成就奖。

面对一生起落，他站在台上坦然说道：

"人生大概就是失意倍多，如意少啊。当年我破了香港的卖座记录，老板马上和我签新合同，工资加了十倍。人人都说我是香港最幸福的导演……但是'人生'这两个字，就是'欢声'和'泪影'四个字砌成的。没什么奇怪的，任何人，无论你昨天多风光，也无论你昨天多失意，明天天亮的时候，你照样要起来做一个人，继续生活下去。因为明天总比昨天好，这个就是人生。"

是啊，人生，本就是欢声和泪影四个字砌成的。

风光时，吃得住门庭若市。失意时，受得了门可罗雀。

无论是大导演，还是小人物，一生都要经历数度起落。

**若每一次都能在万人敬仰时守得住澄明初心，若每一次都能在万人质疑时不改一腔正义，我们才能侥幸成为那个明天总比昨天好的人。**

所以，苦也好，甜也罢，这一路，不许停，也不要回头了。

弓箭拉满后，我们都是身负旧梦、无畏向前的大人了。

# 五
# 也许失去的正是不该拥有的

•

女孩子为什么那么喜欢把聊天记录截屏存下来啊？

这是之前的一个男孩子阿光向我提出的一个问题。

当时他谈了四年多的女朋友随他去了自己老家所在的城市，人生地不熟，工作也找得不太顺利，男孩子说，要不等一段时间再带你去见我爸妈吧，不然我爸妈问起你是做什么的来，你没有工作也不好回答啊。

女朋友眉头一蹙。

按照阿光的介绍，女朋友其实是考上了她老家的事业单位的，但阿光的父母也在老家为他找了一份钱多事少离家近的完美工作。

都好了四年啊，这下要异地恋了？

不分开也可以，总要有一个人舍了自己的稳定。

痴缠了一段时间，还是女朋友舍了她的工作。

她勾着他的脖子，若无其事地撒娇道："反正我早晚是要嫁给你的，不如早点过去熟悉一下我将来要生活的地方啊。"

阿光身子一滞，满眼含泪地抱紧了这个一直都这么懂事的

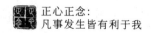
姑娘。

这些年，她从未为难过他，这正是阿光愿意跟她在一起的原因，自在、舒服，做错了事也不会被翻旧账。

可一个月前，阿光跟同事聚餐回来，喝了很多酒。

她坐在客厅等他等困了，脑袋陷落在靠枕里，手里还死死抓着手机。

"会不会，她手机里有什么秘密？"阿光脑子突然闪过一个奇异的想法。

开机密码他是知道的，于是他借着酒劲儿，成全了好奇心。

打开相册，全是聊天记录的截屏。看得阿光头皮发麻。

好奇怪，明明每天都聊天且住在一起，为什么还要把聊天记录截屏？

她是在留什么后手吗？

阿光随便翻了几张，发现都是三年前的聊天记录了。

那个时候，他什么都敢说，也什么都舍得说。

他说过永远不要她为自己担心，跟同学一起去买双袜子都要不厌其烦地报备。

见她眉头稍稍一皱，就在手机里没完没了地问她被谁气到了，需不需要他去解决。

每天要抢在她起床之前先说早安，无论冬天多冷都会提着一杯热豆浆在女生寝室楼下等她，还要在豆浆纸杯上画个笑脸拍照给她看，说希望她每天开启一天的方式都是超级开心的。

他越看越烦躁，他现在为了承担房租和日常开销已经够辛苦了，她竟还是想要索取更多？

见她睡得像个小猫一样酣畅，便去我公众号后台问了这样的问题。

我说，她大概已经对你关上了心门了吧。

阿光当时对这个回答不以为然。

一个月后，女朋友突然离开了。

钥匙塞在家门口的荷花摆件里，发了一条毫无情绪波澜的分手消息，人回了老家，关了机。

阿光追了去，却被女孩子的家人赶了出来，人都没见上。

他慌了，又来问我，他们有没有破镜重圆的灵丹妙药。

我说，怕是没有，因为你已经错过了她最喜欢你的时候了。

恋爱的味道，会变。

起初，你嘘寒问暖，毫不吝啬，她满心欢喜地陷了进去。

后来，你整日奔波，一打电话就忙，多问一句就恼怒，她开始翻聊天记录聊以慰藉，拼命从里头寻找你还爱着她的证据。

再后来，你累了，突然想歇歇了，一回头却发现她不在了，若眼神再能遇上，想必已经换了你从未见过的冰冷。

**爱情的味道，让她夜以继日地不扰不问，生生熬成了陌路人的寡淡与再无瓜葛。**

**整日把自己泡在聊天记录截屏里的人，心中早就有了隐约会失去的预感。**

她不知道哪天会彻底失去。

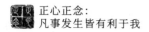
于是便主动挑了日子。

● ●

好朋友青青大婚前的那个晚上，几个女人提前一天约在了
一起，吐槽彼此的新欢旧爱。

青青摸了摸衣柜里婚纱的裙摆，突然一个大转身跳到我们
中间一阵肆无忌惮地傻乐。

她问："你们还记得阿碉吧？"

我们当然记得。

人家明明不叫阿碉，但因为态度十分高傲，而青青偏又吃
这一套，非说这样的男人"碉堡"了，私底下便用"阿碉"来
称呼他，跟我们汇报恋情进度条。

就是这样一个阿碉同志，差点把青青虐得命都没了。

阿碉人长得确实帅，所以第一次跟青青见面，就直接把青
青的魂给勾走了。

早晚午安晚安一样都不少，青青出差，他去火车站接送，
青青朋友圈发了一张酒吧背景的自拍照，他一个电话就打过来
了，用命令的语气让她少喝一点早点回家。

电影一起看过，麦旋风一起吃过，用同一根吸管喝过奶茶。

每天晚上聊天聊到深夜，遇上他说了极尽温柔的话，青青
就忍不住截下来发我们看，问我们："他这样算不算喜欢我？"

她不敢直接问。

她总觉得这种事水到渠成最好，摆到明面上来问人家，像逼宫。

她等啊等，等啊等，等了半年，等到了阿碉男神吃了回头草的朋友圈。

青青在心里骂了八十遍都不解恨啊，阿碉那个前任，不是绿了他吗？这回头草都下得了嘴？

有什么下不了的？人家乐意。

"那我又算什么？"青青被这番操作彻底击溃了自我认知。

能算什么？

充其量，就算是一个陪他熬过被绿的日子里的一个寄托罢了。

阿碉云淡风轻地说："让你误会了是我不好，可在我心里一直都只是把你当朋友啊。"

招惹了你，回头自己还委屈呢！

真以为这些人慢热？察觉不到你对他的喜欢？别傻了。

**他们明知自己早已越界，还要假装自己最是无辜，试图全身而退。**

恍惚了好一阵子，青青遇到了自己的 Mr. Right。

没有患得患失，没有神经质地截图留存聊天记录然后找我们猜对方喜不喜欢自己。

在这段关系中，青青松弛，自在，做自己。

手机内存满了的时候，第一件事就是清理她跟老公的聊天记录，因为两个人之间聊得最多，清出来的空间最大。

这下，她再也不用陷在聊天记录的泥淖里了。

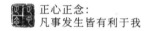

因为，一直在一起的人，就不怕没有聊天记录。

❖

那些把聊天记录看得很重的人，从她们对聊天记录的处置方式上，就能看清她暗暗做出的每一个决定。

截图，存了，分享给好友——说明她内心点点滴滴都是欣喜。

跟你的交流变少，一个人待着的时候会反复回顾聊天记录——她动摇了，在"你还爱她"和"你变了"之间试图找到说服自己的证据。

存了好久的聊天记录删了——她终于下定决心准备离开了。

离开一个人，很多人要花很久。

你总以为她在原地等你回头，最后才知道她其实是在等自己回头。等自己撞了南墙知道疼，等自己不再反复给你找借口，等自己的真心被消耗得一干二净。

然后找了个风和日丽的下午，踩着高跟鞋，走了。

自此，她便过上了一种，既不能相濡以沫，也不能相忘于江湖的日子。

只要她再也不对谁提起，便再也没谁知道她心底深藏的那段往事。

村上春树说：

我动了离开你的念头。不是因为你不好，也不是因为不爱了。

而是你对我的态度，让我觉得你的世界并不缺我。其实我可以厚着脸皮再纠缠你，但再也没任何意义。明知道没有结果的事，苦苦纠缠，威逼利诱，相爱相杀，最后一定都不会有好结果。

　　她知道，这已经是，最好的结果。

# 六
# 生活从来都是泥沙俱下

•

我认识芸那年，正是她最意气风发的时候。

年纪轻轻，凭着一身飒爽的本事，冲到了经理的位子上去，手底下的人，全是年纪比她大一些的老江湖。

有一天，她连倒了好几趟地铁，来我公司楼下一起吃烤鱼。

烤鱼还没端上来，她一瓶啤酒先干下肚了。

蒙着酒劲儿，满腹的委屈和絮叨全吐了出来。

"轨，我挺后悔当这个经理的，以前我一个人干，做一单就是一单的钱，干干净净、利利索索，日子简单又快活。现在倒好，升个经理，岗位补贴没多拿多少，每个月都要为部门奖金如何分配的问题，搞得里外不是人。关键是，我就很纳闷，为什么每个人都理所当然地觉得自己该多拿呢？哪怕一单都没做成，哪怕迟到早退，都觉得给少了，我不懂。"

我说，可能他们都接受不了一个现实。

芸把鱼刺骨稀里哗啦地吐在一张皱巴巴的卫生纸上，隔着一缕升腾的热气，问："什么现实？"

"付出大于收获就是人生常态啊，谁都不例外。"

生活的本质就是左手鲜花，右手荆棘。

人总要翻过几座毫无景致的山，爱过几个没有结果的人，熬过几个毫无意义的夜，吃下几餐毫无营养的饭，然后误以为自己这一生失意透顶，到底没被命运偏爱过半分。

但事实是，这些无所收获的付出，也是命运的馈赠。

在泥沙俱下的生活中，没有人可以一生无忧，任谁都要吞下付出无果的寂寞，任谁都是咬着牙学会与复杂的现实共处，在风尘中写诗，在巨浪里扬帆。

• •

跟朋友一起去一个小岛旅行，进岛的唯一途径，就是乘坐当地村民出资买下的一条小船。

那条船光秃秃的，甲板上的墨绿漆面剥落了大半，一脚踩上去，嘎吱一声响得尖锐，像是辽阔旷野上空中偶然飞过一只离群的孤独候鸟。整条船除了驾驶舱有个遮挡，客座的位置都是一仰脖子能喝到海风的配置。

朋友的女儿四岁，挤在我们中间，兴奋地跟对面几个同来旅游的小姐姐打招呼，聊得正热火朝天，天上飘起了雨。因为船程只有十几分钟，我们也没随身备伞，雨滴得有些急，几个小姐姐便喊我们去她们伞底下坐。

我跟朋友推辞掉，由着朋友的女儿像小熟人一样钻到人家伞底下，看到大姑娘小姑娘拥簇在一起，在海上的雾气中散发着蔚蓝的热情，恍然觉得这样的一幕有些过于美好。

船一靠岸，几个小姐姐便雀跃着争相奔向街巷。

四岁的小家伙可不依了，东倒西歪地在船舱里大喊："等等，等等，姐姐，你们等等我呀。"

稚嫩的叫喊声随即被一众声音吞没。

上岸后，小家伙哭了好久，朋友怎么哄怎么劝，她都不明白。

小家伙手里举着冰棍的时候，还是有点不甘心，说，刚刚挤在一个伞底下的时候，姐姐们都很喜欢我，那她们为什么不等我啊？我们可以一起玩。

我们笑。

我们又能跟小孩子说清楚什么呢？

我们深知这世间寒来暑往，人聚人散，本是常态，可谁又能毫发无伤地从一段心仪的关系中果断抽身？

只是小孩子接受不了，便大哭；大人接受不了，便告诉自己，随便吧，强迫着别人留下来总归没意思。

三毛说，成长是一种蜕变，失去了旧的，必然因为又来了新的，这就是公平。

是啊。

好友列表的人一直在更新，是公平。

文具盒里的笔一直在换新，是公平。

哪有什么想要的都拥有，哪有什么一生顺遂的人生，我们的手心就只有这么大，能抓住的东西只有那么几样，所以，你我都要学会取舍。

我们这一生，会有无数次相遇。

有人让我们了解感恩，有人手把手送我们教训。

有人嘴巴上说着爱我们至深，走的时候却不像个人。

有人姗姗来迟犹犹豫豫，却被你攥了半天哪也不肯去。

夏目漱石说，人就在不断的选择的矛盾中，戴上面具，焚烧过去，武装自己。

**面具以外，是风雨潇潇无惧无畏。**

**面具之内，是疤痕累累只字不提。**

以前，面对这千般不如意，你总在一个雨天里端坐窗前，念念不忘。

之后，那一场人生的急雨，你不再逢人就提，只是那个窗前你不再去。

泥沙俱下，一直就是生活最本质的答案。

不要在吃火龙果的时候一粒一粒地往外挑籽儿了。

**要么，戒了。**

**要么，吞了。**

**跟生活较劲，只会被苦涩反噬。**

**没有谁始终活在一方净土上，每个人都在默默吞下各自的苦。**

**别慌，别轴，才是万事的回响，美梦的配方。**

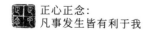
# 七
# 别听建议，听听自己

有一年暑假，我去一座熟悉的城市看望几位老友。

落座后，发现大家都是孑然一身前来的，唯有杏姐带了个九岁的女儿来赴宴。

吃到一半的时候，杏姐的老公来接娃了，说两人约好了要去看一场边吃爆米花边掉眼泪的夜场电影，杏姐提醒了一句"记得给孩子买爆米花"后，就欢天喜地地重新坐了下来。

包厢的门一关，屋里的几个姐妹就炸了。

"杏儿，你老公搞研发这么闲的吗？还能在你逍遥快活的时候负责全职接送？"有人打趣道。

没等杏姐回复，另一位替杏姐接了茬。

"肯定就是个偶尔，这俩超级学霸工作饱和到离谱，平常有点时间还不得赶紧把一身的好本事发挥到女儿的学习中去，哪来这些闲工夫一直这么跟孩子闲耗着。"

杏姐一听，噗嗤一声笑了："你们还真说错了，我们俩现在都是休闲式带娃。"

有人一声不服气地喷喷接道："休闲式带娃？苦中作乐吧？

孩子报补习班、兴趣班啥的，不需要来来回回地接送？课后作业不需要讲题？"

杏姐倒也不恼，一板一眼地说："还真不。"

一番探讨后，杏姐直接跟我们交了底。

杏姐说，身在"鸡娃"大省的核心区域，完全能做到心态平和、不慌不忙肯定是不可能的，一开始也鸡娃，可到最后，发现大人和孩子都搞得很不愉快，更关键的是，费劲巴拉地憋着火气点灯熬蜡地忙活了很久，成绩一下来，发现其实没什么大的影响。

杏姐夫妻是我们圈子里出了名的高智商人群。

都说龙生龙，凤生凤，我们都觉得龙凤组合生出来的，八成就得是人中龙凤了，可杏姐女儿的成绩从小就不上不下，这还是在两位学霸家长费心辅导的前提下勉强取得的。

杏姐捧腹大笑，摆摆手说："这种事啊，得认命，光心气高不行，对于孩子先天的资质，自己要有清晰的认识，不是说只要不够绝顶聪明，就任其自由发展了，而是要明白，孩子的上限与下限大致在哪儿，不能带着过高的期望苛求孩子，否则大人孩子都焦虑，到后边谁也别想好。索性把能帮孩子的心平气和地帮了，将孩子的生活按部就班地安排好，然后接受所有可能性吧，毕竟父母再优秀，能提供给孩子的东西总归是有限的。"

听完我很是服气，问她，那么这么着是不是完全不焦虑了？

杏姐笑道："只要别总想着跟别人比，也就没那些臭毛病了。"

果真是闲散日子里随随便便就涌出了大智慧。

总是跟人比，永远比不到头，攀比才是自我实现路上最大的绊脚石。

· ·

一位性格孤僻的朋友，前几年把自己的创业公司经营得很好，年纪轻轻就实现了财务自由。

她朋友圈内容全是跟工作相关的。

本以为就是个工作狂的她，却总是隔三岔五在深更半夜找我要一些奇怪的资源。

比如，最近有什么好笑的综艺吗？推荐几个呗！

比如，最近有什么无厘头的喜剧片吗？推荐几个呗！

最离谱的是，她有一天晚上，竟兴致勃勃地问我，有什么不费脑子的小甜剧推荐吗？

这问题换一个人问，我肯定觉得没毛病。

可她，是那种超级理智的理工女啊，平日里就对那些公式感兴趣，中午吃饭也只愿意挨着公司的 IT 男顺道讨论一些技术问题，为什么会突然问我要这个？

她说白天工作时间里，用脑太狠了，所以一到晚上，当一天的工作告一段落的时候，就会强迫自己停下来。

她停下来的方式，不是躺平，不是昏睡，不是做按摩，而是看点不废脑子的剧。

很多人在自我实现的路上，都习惯了拼命努力。

不肯喘息，不肯自我奖励，更不舍得拿出一点时间放松一下。

就像小学生考试，每一次拿到 99 分的时候，都会告诉自己，这没什么值得骄傲的，考 100 分才行。

下次考到了 100 分，又会告诉自己，这没什么值得炫耀的，要一直考 100 分才行。

**恰恰是这种无止境的自我要求，最终把可控的局面推入了不可控的旋涡。**

**或许那些擅长给自己按下暂停键的人，那些取得一些成就后会偷偷奖励自己一颗糖的人，才能更好地享受前进路上的风景。**

在很小的时候，我就发现了班上那些顶尖学霸的特质。

他们身上，看不到废寝忘食的痕迹，看不到被流言裹挟的痕迹，看不到进退两难的焦虑。

那些真正成绩好的孩子，最大的特质就是很少会三心二意。

做题便是做题，打球便是打球，睡觉睡得超香，游戏打得特好，成绩一出又是第一。

他们做任何一样事情，都不会左顾右盼。什么阶段就去考虑什么阶段的问题，你不能上学的时候想挣钱，该挣钱的时候又想着说走就走的旅行。出身也好，世道也罢，总有个起起伏伏的平衡。

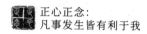
如此，你才能站在属于自己的高度，看到属于自己的惬意
风景。

第三章

# 不染：手持烟火谋生，心怀诗意谋爱

长大如果是一件既扫兴又必然的事，那么我们还是要把这种必然当成一生的优先级的。而只有那些收放自如的成年人，最终才能将自己活成成熟与天真并存的模样。

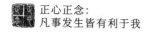
# 受尽伤害，却依然对这个世界温柔以待

有一年住校读书时，我得了一场感冒。

每次嗓子一痒，都会紧跟着咳上一阵，眼珠子冒酸水，整个身子都跟着起伏不止，像要不久人世似的。

白天倒还好对付，大家各自做着题，在人声鼎沸中扬着嗓子背书，我的咳嗽声可以很轻易地被人忽略，可到了夜里，咳嗽起来就变得难挨。

不光我难挨，旁人也难挨。

同寝的八九个小姑娘，也没处躲着，平日里不管同寝的人多合不来，都各自老老实实睡在自己的床铺里，偶尔有喜静的姑娘还会给自己的床边安上一道粗布碎花床帘。

那天夜里快凌晨的时候，我被一股剧烈的咳意弄醒，感觉这一股巨浪般的狂咳要把整个寝室都掀翻似的，我拼命用被子捂住自己的脑袋，力求每一声咳嗽都能像哑炮一样，捂在棉被里，几番下来，整个人既难受又愧疚。

在一阵此起彼伏的轻鼾声中，我听到有人十分烦躁地翻了个声，甚至咕哝着暗骂了一声。

　　我吓得赶紧穿了拖鞋往外跑，力求在下一次惊涛骇浪的咳意到来之前，跑到公共洗手间释放，省得又把睡眠浅的姑娘吵醒。

　　只是我前脚刚跑出来，后脚就追出来一个瘦高的女孩。

　　她手心里举着一瓶止咳糖浆，笑眯眯地往我眼前送。

　　我脸一红，低声问："把你吵醒啦？"

　　她摆了摆手拉着我去楼道的台阶上坐了下来，说："我都失眠好长时间了，正愁夜里想找个人说说话呢，就逮着你往外跑了。"

　　连着三个晚上，她都会陪着我在楼道里坐上一会儿。

　　其实，我知道，她并不是自己口中说的那般，睡不着到处逮人说会儿话。

　　她很内向，也不擅长找话题，甚至一个学期下来，也没跟班上几个同学说过话，所以她也没什么可以摊开来"八卦"的对象。

　　她家境不好，很少购物，也没有去过什么地方旅行，所以也没有什么引以为豪的谈资支撑她大讲特讲。

　　**她只是见过了最深的黑暗，所以选择成为可以照亮别人的温暖。**

　　这世上，总有人明明自己受尽伤害，但依然可以对全世界温柔以待。

• •

《夏目友人帐》里说，我想成为一个温柔的人，因为曾被温柔的人那样对待，深深了解那种被温柔相待的感觉。

**可即便人人了解温柔可贵，却很少能有人能够沉下心来成为一个温柔的人。**

我认识一个性格高冷的漂亮姑娘，身边不缺"花花公子"，也不缺掏心掏肺，真情实意待她的人。

每当觥筹交错之后，别人都是叫车回，而她总是裹紧长裙，站在风里瑟瑟发抖，等人来将她接走，只是通常接她的人不是同一个。

有人笑问她是否享受成为渣女的顶端优势，她摇头，说："我也很无奈，你不知道他们啊，个个都待我极好，好到我说个不字，总担心他们要去跳楼。"

很久之后，刚好在一场新年聚会上又遇到她。

她依然孑然一身，人群散去时，她面前是一杯倒掉的高脚杯，好看的刘海湿漉漉地搭在她雪白的小臂上，像极了一只午夜时分被人从高楼上隔窗抛弃的布偶娃娃。

她不肯走，也不允许旁人散场，说以后再也不会有人来接她了，世间果然没有长情的人，一切都是骗人的……

旁边一个跟她走得比较近的姑娘也是心直口快，耐着性子催了她几回，发现催不动她后，便当众破口大骂："你活该！你就是活该！无论遇到多好的人都不知道珍惜，现在才知道后悔，后悔又有什么用？人家怎么对你的？你又是怎么对别人的？"

经了这一通骂，她反倒不肯哭了，伸出手胡乱抹了一把泪，拎着纤细的包包肩带，踩着鲜红的高跟鞋，一瘸一拐地拨开人群，消匿于一片淡黄的灯光里。

**总有人，要把旁人的温柔，当作一种臣服的痴傻。**

**失去后才明白，温柔自始至终都是一种彻底的通透。**

**那些温柔的人，不是在随意兜售耐性，而是知道谁最值得自己付出最大的善意。**

**你若喜欢温柔的人，那么也请努力成为一个温柔的人吧。**

**∴∴**

总有人，会习惯性地备注好重要的朋友们的生日。

总有人，平日里隐匿于人海，重要的节日里定然为你送上心意或祝福。

总有人，能察觉到你的情绪，然后悄悄问你一句："没事儿吧？"来看你就会立即启程，不忍心让你承受多一秒的等待焦灼。

总有人，会给你清晨的粥，盛夏的风，明确的爱和一辈子可以信任的细水长流。

他们这一生，见过光，见过恶，体会过最刺骨的寒风和最深刻的孤独，却还是选择成为一个温柔的人。

你若遇上，就该知道，他们定然用尽了一生的力气，才让自己成为现在的模样。你也要努力成为光，成为照亮他人无言暗夜的那个人。

没有人生来亏欠我们。

三浦紫苑在《多田便利店》里曾写过这样一句话："你还有机会去爱别人。你能把自己没能得到的东西，完全用你所希望的形式重新给某人。"

这才是温柔的本质，更是温柔的守恒。

# 日渐清醒，得失随意

我曾去医院看望一个出了车祸的朋友。

腿骨折，脸伤成了大花猫，尽管医生告诉她脸上是皮肉伤，能恢复，但因为脸上涂着药水缠了纱布，所以看上去还是有点惨。

见我们几个朋友进来，嘴角一秒绽放了笑容，笑嘻嘻地坐直了，隔着病友的床远远地挥舞着双臂要我们赶紧落座。

只是我们还没坐下，她电话就响了。

我帮她拿过手机，她瞪着大眼睛迟疑了一会儿，长吸一口气，才把电话接起来。

言语间，听得出来，是她妈妈打来的。

"在等着跟朋友聚餐……没有乱花钱，大家是 AA 的……某某没来，他今年加班，放心吧，我们挺好的……存上了都存上了，房租交完第一时间存上了……对对，好的，么么哒，拜拜。"

电话挂掉的时候，她显然注意到我们惊诧又尴尬的脸。

我们刚进屋，又不好马上走掉，只能硬着头皮看着她强忍着身上的不适，在电话里扮演一个毫发无伤、古灵精怪的乖女儿。

她在撒谎。

　　她没有聚餐，她口中的某某就在她出车祸的当天跟她提的分手。

　　几个朋友正想要凑上去安慰，她露出小虎牙率先打破了大家进退两难的气氛，说道："嘻，你们别搞得这么悲壮，我没事，跟我老妈那演惯了，要让她知道我出这么一档子事，还不得马上飞过来给我一顿骂，到时候谁吃得消？糊弄一下，省得给彼此添堵。"

　　话还没落地，病房的门被一个手捧鲜花的小伙子推开了。

　　一大把康乃馨递到她手上，要她签收。

　　望着送花小伙推门而出的背影，她还在笑："我就说嘛，怎么会有人这么快收到我失恋的消息第一时间来接盘我了。"

　　不知道怎么接话，便问她，有什么特别想吃的吗？

　　她摇摇头，低头闻了闻康乃馨，突然嘟囔了一声，自己八成是花粉过敏了，然后使劲揉了揉鼻子，哭得泣不成声。

　　她太难过了。

　　车祸带给她的疼，她咬咬牙扛得住。

　　妈妈不知道她出了车祸还在叮嘱她不要乱花钱时感到的委屈，她也没问题。

　　但当她看到所谓的男朋友（不，应该是刚分手的前男友）在她出车祸后，只是定了束花找人送来，从头到尾都没想着来看她一眼的时候，她就崩不住了。

　　他的客套，她终究是收到了。

　　从我们进门开始，她就决定要演一个不惹人担心、不博人同情的懂事姑娘了。

可刀枪不入的伪装，总是会被心里最在意的人撕得粉碎。

**人长大后，学会了改掉从前的任性妄为，戴上了一张能够伪装情绪的面具。**

所谓人生如戏，全靠演技。

演技崩的时候，就像是《阿飞正传》的无脚鸟。

"这世界上有一种鸟是没有脚的，它只能一直的飞呀飞呀，飞累了就在风里面睡觉，这种鸟一辈子只能下地一次，那一次就是它死亡的时候。"

成年人太能"抻"自己了。

抻断了，就崩一次。

每演崩一次，心就死一次。

●●

刚毕业的时候，见识过一个演技非凡的老板。

非凡到令人反感。

怎么说呢？

那时我总感觉他就是一个圆滑、睁着眼说瞎话、满嘴跑火车的"老油条"。

见到客户，张嘴就是一串马屁，一鼓作气给人捧到天上去；酒桌上的人经他一介绍，个个都成了在某行业拥有绝对话语权的老总。

感觉他时刻都在捧着别人，嘴里没一句实话。

当时公司有个销售部的元老，离职半年后自己成立了公司，把能带走的销售资源全带走了，还隔三岔五来动摇一下民心，不是想着来挖人，就是想着来挖点公司内部消息，意图报低价截和。

这件事被老板知道了，气得在办公室咆哮，扬言要找律师搜集证据反击一下。

有一天，某同事去老板办公室找他签字，发现那个元老正坐在老板对面跟他谈笑风生，这期间老板竟然还亲切关心了元老儿子的学习近况。

同事大惊失色，回来跟我们说了这件事后，我们都以为他在编故事。

面对挖过自己墙脚的仇敌，怎么可能笑得那么开心？

其实双方的"亲密度"还不止于此。

原来，元老刚成立的公司搞了一个自己吃不下的大单子，因为公司的成立年限和规模都比较小，怕实地考察这一关过不了，就来找老板商量着如何通过分成模式一起把这个大客户拿下。

老板一听，马上拍大腿应下来，两人一笑泯恩仇。

后来在我从那家公司离职前，不知怎么和老板说到了这件事，他笑着说到，哪怕他跟人有再大的仇，只要有可以合作赚钱的机会，他一定会笑着主动给对方打电话商量一下，况且那次还是对方主动提供的合作机会，更没有理由跟人讲什么江湖恩怨了。

再后来，听说老板的母亲在医院住了六年多，不省人事，但每一天都要花钱。

在生活的重压面前，总有人能吞得下那些难以下咽的苦涩。

这便是职场"老戏骨"的行事方式。

需求面前，新仇旧怨都可以翻篇不提。

对于久经沙场的职场人来说，那些假惺惺的寒暄，那些脸不发红心不跳的吹捧，不过是工作的一部分，只要有这个需要，他们就可以去扮演这个角色。

对待工作，最专业的精神就是对事不对人。

**每一次表演背后，都有取舍分明的逻辑原则。**

**每一次收放自如背后，都是无法对外人提及的责任和担当。**

电影《天气预报员》里说，你知不知道：难做的事和应该做的事往往是同一件事？凡是有意义的事都不会容易。成年人的生活里没有容易二字。

任性是容易的，可负重前行的老戏骨必须放下身段。

•••

刚开始做公众号的时候，我的一篇爆文引起了某家影视公司老总的注意，他安排了推广部的人来跟我对接他们新剧的软文推广事宜。

那部剧看了几集之后，我有点看不下去了。

IP 改编得并不好，但我还是把这个活接了下来。

因为从我辞去高薪工作到自由职业的过渡阶段，几乎没有一分钱的收入，转战全职作业没有那么容易，总是要跟市场磨合到一定程度，写作才会实现真正意义上的变现。

如今，这个机会突然来了，这家公司给了我市场价的 5 倍报酬。

我当然要欣然接受。

我不但要欣然接受，还要力求把自己的心气放到最低，从一部自己不感兴趣的片子里寻找闪光点。

我尽最大努力写出来的推广软文，一稿过了。

当朋友在平台上发现这篇软文的时候，乐不可支地跑来问我，如果被人"绑架"了，你就眨眨眼。

我笑着说，推荐你去看看，还是有一些看点的。

朋友惊了，调侃说，你变了，变得为五斗米折腰了。

我说，接了人家的活，就理应站在人家的角度为其考虑。

如果要演，就要演全套。

在写作圈里摸爬滚打了许多年后，慢慢实现了一部分笔触自由，也算是可以通过写作养活自己了，我依然秉持着最初的商业写作理念：要么有底气直接拒绝，要么就要收着性子提供全套服务，善始善终。

**越是深扎的人，越是懂得如何去精进自己的演技。**

**需要收着的时候，便谦逊；需要让着的时候，便扮蠢。**

戈夫曼在《日常生活中的自我呈现》一书里举了一个好玩的例子：

有些姑娘会在男朋友面前故意降低自己的智力、技能和自决性，这样就能让男方感到优越感。

真正想要天长地久的人，常常会想尽办法主动出让或者收着自己的某些部分，哪怕飙演技也在所不惜。

只要结果是好的，只要一切在朝着好的方向在发展。

∴∴

《大话西游》里，至尊宝附体在夕阳武士身上，在沙漠古城的楼上亲吻了转世的紫霞，然后转身离去。

人类会因为这样那样的理由，在某个阶段放弃了后来要为之生为之死的东西。

直到后来你懂了，但也只能戴上金箍去把取经的戏演完。

没有遗憾，是不可能的。

**但老戏骨们经历过了人世间的毒打，已经学会了如何带着遗憾继续好好活下去。**

**以全力以赴的方式。**

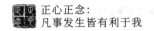

# 三
# 心有远山，安于当下

●

办公室的一个编辑，正在公众号后台修改文章，突然接到了外婆去世的消息。

伏在桌子上大哭一场，请假奔丧，回到岗位不到一周，却被上级领导叫去谈话：如果再不回归工作状态，公司只能辞退她。

从领导办公室出来后，她就怒了，站在走廊里故意喊得很难听："我看有些人就是没死过外婆，所以一点人性都没有。"

同屋人听到她这一喊，都惊了。

跟她谈话的主管倒是十分平静地从屋里走出来，轻轻把门带上，说："我确实没死过外婆，我死过妈。"

一句平淡的狠话，把暴躁的小姑娘堵得进退两难，哑在了那里。

主管大姐说："你外婆去世那天你哭了一下午，当天需要更新的内容你还有一半没编辑上传完，是我协调了别的同事加班帮你做完的，你关心过没完成的工作后来是怎么安排的吗？同事之间有事是该帮忙，但人家不是天生就欠你的。你请假回老家待了一周，走得匆忙没写假条没人怪你，但你个人月度总结迟迟拖着不提交，导致一整个部门的考核也做不完整。部门考核出不来，财务就只能把全部门的奖金延迟发到下个月发放。都是出来打工讨生活的，难保哪个同事不是在等着这笔奖金干什么用的。是，你外婆去世了你很伤心，我们都理解，但这不代表全世界的人都有义务放下工作陪着你心碎，况且你回来都快一周了，还是整天干不完活就早退，编辑文章错误一大堆，我们体谅你一天，体谅你两天，不能体谅你一辈子。所以，要么你打起精神来好好干，要么你就辞职回家彻底哭个痛快。"

主管说完就回屋打开电脑写方案去了，大家都知道下午她还要去提案。

指尖与键盘撞击出噼里啪啦的声音，任谁也看不出来她刚跟同事不卑不亢地干了一仗。

作为公司里的老江湖悄悄告诉大家，这位领导真不是在针对这个姑娘，她可能是真"冷血"，包括对自己。

她的母亲去世那天，她回到办公室的时候面无表情，马上召集部门同事开了会，说自己家里有点事情可能要耽误一点工作进度，不过能带回去做的，她一定会带回去做，实在不方便带走的活，就妥善安排了几个同事分工完成并要求了最后完成日期。

家里发生了那么大的事，她安排完手头工作后，立马去电子商城里买了个包月的网卡（那个时候还无线网络还未普及，她家在农村也没接宽带），一切都安排妥当了，她才放心地办了假条手续背着包下楼去。

有同事看见，她趴在方向盘上哭得浑身发抖，车窗关得密不透风，可还是能听见她哭得有多撕心裂肺。

网络上有一个的词叫作"懂事崩"。

意思是成年人连崩溃都要懂事，不能影响同事，不能影响工作，不能影响家人。只能在确保四下无人的时候独自崩溃。

她便是这样的人，连崩溃都努力做到不给人添麻烦。

前一秒站在走廊里跟人掰扯是非，下一秒后又坐回工位写自己的方案。

**小孩子才有特权陷入悲伤的任性里不管不顾，成年人只能扛着生活的重担收放自如。**

••

演员周韵，在接受记者采访时曾聊起过，"自我"是如何慢慢在她的人生中变得不再是第一位的。

在你没有孩子的时候，可能会特别强调自我。但是当你有了孩子之后，某一天，孩子要上幼儿园，要去医院看病，你就会想，我要和老师搞好关系，和医生搞好关系……以前，怎么会考虑这种事情？爱谁谁，凭什么要和你们搞好关系啊？有孩子之前，总会给自己的人际关系做很多减法。有了孩子之后，就会更愿意做加法，把人际关系都储备好，以便不时之需。然后你的世界观会变宽。

我们小时候看大人在人前逢迎，总觉得"丢人"，一道线将他们无情划入油腻而毫无原则的"社会人"之流。

可他们回到自身的人际交往中，又似乎挺"硬气"。

不喜欢的饭局，有再大的领导来也懒得去；不喜欢的人，有滔天的权势也懒得理。

活到一定岁数，他们似乎已经懒得觍着脸去讨好谁。

可当他们遇上了孩子上学，孩子看病，诸如此类的问题时，又变得愿意赔着小心为人鞍前马后。

成年人的活法有时候令人琢磨不透，一会儿收，一会儿放。

**这么做不是因为他们心性不定，而是因为他们甘愿让自己扛上更大的责任。**

电视剧《好先生》里有句台词："这个世界上有两种人，一种是为了自己而活，表面看上去张牙舞爪，内心啊，无比脆弱，另一种就是为了别人而活，表面上看是很尿，其实内心比谁都坚强。"

**没了责任，成年人能活得无坚不摧、所向披靡。**

**有了软肋，成年人就只能收着心性、甘愿认尿。**

．．
．．

综艺节目《亲爱的客栈》里，章龄之对刘涛说："我觉得你很会拿捏感觉，是一个会撒娇的人。"

刘涛回道："这个撒娇不是撒娇，是在哄他。"

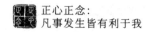
这便是成年人对待婚姻与情感的智慧。

两个人在感情里起了冲突，都想把委屈释放出来，都想把责任和问题掰扯清楚。可只有刚开始谈恋爱的情侣，才会在出现问题的时候只顾站在各自的立场上大谈正义。

**有经验的成年人会弄清楚自己价值观中的优先级，然后该收的收，该放的放。**

撒娇不是目的，修复关系，把婚姻推回正常轨道才是目的。

无伤大雅的是非对错，睁一只眼闭一只眼装糊涂，该撒娇撒娇，该服软服软，这不是因为他们谈起感情来没原则，而是因为他们太有原则。

他们的原则就是，如果你对我来说更重要，其他的是是非非都得靠边站。

**所以，成年人的放，有时候也是收。**

该回归正常的时候就要回归正常，该收拾的烂摊子一秒也不会耽误。

**成年人的一切，都关乎着慎重的取舍。**

有个涉世未深的小姑娘曾哭着跟我说，最讨厌跟那些饱经风霜的"成功人士"谈恋爱，因为他们的情绪太稳定，哭不是哭，笑不是笑。

我当然知道她口中说的"成功人士"指的是什么样的人。

小孩子的热烈，所爱隔山海，山海皆可平。

成年人的喜欢，点到为止，自负盈亏。

小孩子在电话里把所有的委屈一股脑倒给你，哭鼻子的时候当着你的面用完一整包纸巾。

成年人前一秒还在视频里跟你有说有笑，后一秒挂掉电话泣不成声。

不是成年人冷漠，不是成年人被社会磋磨得多了就不知道疼。

**而是，生活很难，但依旧得继续。**

就像《请回答1988》说的那般：

大人们只是在忍，只是在忙着大人们的事，在用故作坚强来承受年龄的重担，大人们也会疼……

蔡康永说：长大是一件扫兴的事。

或许是吧。

**但长大如果是一件既扫兴又必然的事，成年人还是要把必然当成一生的优先级的。**

只是，只有那些收放自如的成年人，最终将自己活成了成**熟与天真并存的模样。**

只有他们才配得上在疲惫尽头，遇到一个了解他们外冷心热的人。

陪他闲庭信步，陪他安于当下，陪他在一个落雨的凉亭下端坐，说尽这一生从未向任何人提及的艰涩，提及霉在心底太久的扫兴时刻。

# 四

# 人情越用越厚

●

去朋友家喝茶闲坐时听她讲了一件挺有意思的事。

她跟老公退休后四处旅行，有一次去了一处空气十分干净的雨林中，漫山遍野的茶树，青翠、鲜亮，阳光透过树叶的纹理，让所有游客的眸子中闪了光。

用她的话来说，就像是被那一瞬间的景致洗干净了心灵。

导游带他们去品茶，随口透露了一个信息，茶山是农民自己打理的，但他们做的不赚钱，想要往外转，价格也便宜。

几个手头有一些积蓄的同行游客有些心动，便纷纷去找茶山的主人聊。

朋友两口子其实也心动了，毕竟他俩退休后也一直在琢磨着还能干点什么。

但他们一直不敢往前靠，因为发现那些挤在前面的那几位，人家是真懂茶，只是在茶山上走了这么一遭，就能跟茶山主人聊这批茶树的品质了。

"而我们俩，那时候连红茶绿茶都分不清。"朋友笑说。

当时跟茶山主人聊的，也都是些不着调的行外话，只不过朋友把自己真实的想法和感受跟茶山主人聊了聊。

那次旅行结束，先后有五六批人反复去找茶山的主人聊进一步的意向，包括朋友夫妻俩。

连朋友这个外行都觉得这是个划算买卖，茶好喝，转让费又便宜，一山的雨林景致，自己待着舒服，对外接待也舒服，越是这样，想要接手的行家就越多。

只是最后，茶山主人最后直接表达了自己想要把茶山转给朋友的意思。

朋友两口子一听，自然是高兴，但心里还是不太踏实。

为什么呢？

朋友委婉着问。

茶山主人说，来的好些人，我们不大喜欢，太精明。个个都是一副行家的样子，夸夸其谈半天，要么就是想空手套白狼，用自己哄人那一套点子入股的，要么就是想用所谓的行业知识来挑这块地的刺儿，然后狠狠压价的。

但其实茶山主人为了不跟人磨叽来磨叽去，一开始已经把价格报得很低了。

可人的心理就是这样，卖家说的那个数永远高于买家心里的那个数。

来人都当卖主不懂行情，所以才要价如此之低，就想着趁机把价格再压低一点。

"就看你们夫妻俩实在，说话不吹嘘，像是正经做事，正经想包茶山的人。"茶山主人说。

就这样，因为不比旁人精明，朋友反而以极好的价格得了那座茶山宝地。

后来他们请了专业的职业经理人，搭建了成熟完整的产业链，朋友两口子的茶品牌做得还挺顺利，手底下好多稳定的批发商抢着卖他们的茶，每年进账可观，现在基本上成了甩手掌柜。

**精明外露的人，反倒容易死于精明。**

那些经过事、吃过亏的人，跟精明人打交道极度没有安全感。

如果有的选，他们自然会选择那些不爱算计的憨厚人共事。

··

有个学妹是做生意的好手。

当年微商刚兴起的时候，她率先入行，赚到一些钱，买了车，有了点积蓄后便开了一个卖手工耳坠的实体店。

当时给好多人发了邀请函，说新店开业请大家去店里喝茶。

门口的鞭炮彩纸落了一地，大家都是捧着开业礼来的，一应一声"恭喜发财"，然后把礼物交给了她。

她有条不紊地接过礼物，然后往每个人手里塞了一个购物小提篮，特别热情地招呼大家里边请。

那天学妹发了朋友圈：

开业头一天，流水8000多块，产品好生意就好，没办法。

那条朋友圈底下，她自己写了很多条评论，营造出一种想要代理她产品的人太多了，她一个人应付不过来了的光景。

只是过不多久，她店面又转型了，改卖化妆品了，又要重新开业。

同一个铺子地点，同样热情的邀请函，又发了一次。

这下群里没人应了。

在一个十几人的小群里，有人问了一句："你们还去吗？"

"谁去谁脑子病！"

"明明是淘宝上的地摊货，非说是纯手工高端定制的。一对小饰品，友情价打完折卖我们一百二，淘宝一扫，九块九买一送一还包邮。"

"一进门就往咱手里塞购物提篮，这阵仗谁能拉下脸来拒绝，不得多少买点？"

"她第一天营业额怎么来的，心里没数？那朋友圈怎么好意思发出来的？"

"唉……搭上礼物，搭上消费，最后连口水都没的喝。"

"坑我一次行，但我不能反复被坑，谁爱去谁去。"

那天，学妹没再截取收银机器上的傲人业绩发朋友圈了。

几年后，跟她保持关系的人也寥寥无几。

好像她后来还跟大家借过一次钱，说是想换大房子，但没人借她，再后来就听不到她的消息了。

这是我肉眼可见最直观的一次成人世界里的群体疏离。

那些自以为聪明、过于精明的人，都有一个共同点，那就是在他们眼中，人脉、朋友、交情都只不过是获利的工具。

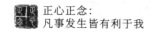
但没有人会愿意一直被利用。

**那些路数，别人吃一次亏就能搞得明明白白。**

••

一个读者曾向我吐槽过一件特别离谱的事。

她有个多年不见的小学同学，一起读书的时候没什么交情，平常也不聊天，但逢年过节就莫名会给读者发一个红包，大概一两块钱。

一开始读者还觉得这人挺敞亮，便每次都加上一点钱把红包发回去以表节日同乐。

后来对方的红包越发越大，节假日会发 188，688 之类的，读者只好硬着头皮给人家加个一两百块，成 288，888 之类的还回去，五六回之后，读者看到她发红包就头皮发麻，因为跟她不熟，都不知道她总这样是要干吗。

有次回老家，一个同学也跟她说起这件事，一沟通她们才知道，这是人家的"生财之道"。

我一听都乐了："就这点钱，至于这么大费周章嘛，万一发出去对方收了没理她呢？岂不是反倒赔了。"

读者也笑，她说，轨姐，你不知道，那同学可神了，人家一开始发小的红包，就是个试探，你如果通过了她的测试，她就继续加码，然后赚点零花钱，光我知道的，就有十几个收到她红包的，还有一个收了她小红包 (8.88)，只说了谢谢，没发给她，没想到过了一天她竟然去跟人家往回要，说抱歉发错了。

我的老天啊！精彩！

你看，真正"精明"的人，并不是一毛不拔，而是先付出一点，然后跟你算总账。

任何人、任何事，都能换算成他们心里的一笔总账。

交朋友，只冲着能给自己带来好处的人去。

人情往来，盘算着用一颗鸡蛋换回来一盒乐高。

第一眼识人，不看言谈不问品性，只是冲着包包上的 LOGO 去判断这人值不值得自己笑脸相迎。

她们愿意花心思打动你，让你产生好感，因为她们心里早就盘算好了这笔稳赚不亏的总账。

这些人，急迫、算计、不肯吃一丁点亏。

但无一例外，最后还是被身边人识破。

∵∵

人有为己之心倒无可厚非，生意场上靠朋友帮衬也是人之常情。

但真正聪明并能成大事者的人，绝不会跟任何人卖弄聪明，更不会把任何人当成好糊弄的傻子。

他们会借力成事，也会仰仗朋友，但他们绝不会让朋友吃亏。

如此，天长地久才会把人情越用越多，越用越厚。

正如左宗棠所说：

做人，精明不如厚道。

聪明人，都是大家好才是真的好；精明人，那就是只要我好就行。而普普通通的多数人，都是边吃亏边长记性，被精明人算计过几次，也不会翻旧账。

# 五
# 情绪修复是自我救赎的过程

●

　　佳妮大老远飞来找我的时候，刚好赶上我左胳膊上起了一层湿疹。

　　她坐在我的花园里，点上烟，话头还没打开，头顶的云彩却黑了大片，紧跟着压下来一场密实的大雨，把她白色的香云纱长裙给浇了个透，她一边拧着裙摆上的水，一边跳着脚破口大骂。

　　"轨，我大老远跑来找你谈心，不光你们这里的天气不用心待我，连你也不用心听我讲话，净忙着挠你的胳膊了，真有那么痒？"

　　我无奈地笑笑，抬起胳膊给她看。

　　"你自己看，这块湿疹都起了一个多月了，中药也吃了，药膏也抹了，还是猩红恐怖。"

　　佳妮也笑："你急什么？才一个月就想着把这么一大片给灭了？湿疹退得可没那么快，我小时候就起过湿疹，十来年才退了个干净，你且等着吧。"

　　我仰头喝下还在冒着热气的茶，说："你不也挺急的？"

佳妮一愣，显然是没反应过来我在胡说些什么。

佳妮跟我同龄，盘靓条顺，只是脾气差了些，在感情上必须严格按照某种标准去找一个"对的人"，差一点点都不成。

这个标准导致她一连好些年，都没寻到一个合适的人。

有意思的是，某天，她只是下楼去小区便利店买了个酱油，就阴差阳错地认识了这样一个完全符合她的硬指标生出来的男生。

关键是这男生认识她的时候，也恰好单身。

她欢喜得不行，觉得这些年的委屈、不甘、宁缺毋滥，突然有了意义。

为着这样的难得，才不过一周的时间，便央着"完美男友"赶紧跟她把婚姻大事办了。

一开始，完美男友觉得她漂亮又真性情，一切都愿意顺着她的心思。

但很快他就觉得，两个人的关系发展速度，已经远远超出了他能承受的范围。

他要她冷静，慢慢来，他说得很明白，他喜欢她，也愿意跟她细水长流地一步步奔白头偕老去。

但她不依，她不要"慢慢来"，她觉得自己前半生那么多不平坦的事，都是为她如今的"幸福时光"做铺垫的，她要马上把两人的一切紧密联系在一起，一样不能变，一刻不能慢。

最终，"完美男友"被她"变态"式的极端要求吓得连夜出差。

她急不可耐地要跟了去，对方却很坚定地要求两个人都静一静。

佳妮一听，心态就崩了。

前后也不过一个多月，她感觉自己的一生都过完了。

从侥幸遇到真命天子，从彼此喜欢彼此笃定，再到被强行拉开距离要静静……佳妮静不下来，她感觉这节奏跟她想象中的不一样，男友的冷静方式也让她接受不了。

她跑步，做瑜伽，蹦迪，随意坐上一辆不知道去哪儿的公交车，找一个偏僻的街角点一杯咖啡，一个人坐一下午，戴上厚厚的眼罩强行让自己不去看手机上的消息……

可是，都没用。

于是飞来找我，十分紧张地告诉我，她好像完蛋了。

之前无论遇上多么哀伤或是难熬的事情，一般最多用个三天的时间，她就能把自己拉上岸。

可这次，一周过去了，她依然感觉被说不清楚的沼泽吞噬着，感觉自己始终走不出这场大雾。

她只知道，身体生了病，要耐着性子去等。

却不知道，情绪一样会生病，也要耐着性子等一等。

**情绪一旦病了，不光是要等柳暗花明那一天的到来，更要忍受世事反复无常的碾压。**


• •


我遇到过一个留学归来的房客，她的情绪便生了一场大病。

只是她生病的样子，不轻易被别人察觉。

白天她会爬山，会骑行，会用很健康的肤色背上背篓在崎岖的菜市场里讨价还价。

健康的生活习惯她有，人间烟火气她沾，心平气和的礼貌她做得到。

一个看上去再正常不过的姑娘，却曾在午后躲在露台的角落里歇斯底里地打电话。

那时，我才明白，很多人把自己的情绪藏得很深，把自己逼得很紧。

不许旁人看出悲喜，不许陌生人察觉到戾气。

可太阳一落下去，独处时情绪就崩溃了。

那个时候才知道，不管白天演得有多正常，你还是不能放过自己。

在夜里，放大一切失败、消极情绪和遗憾。

你纠结命中注定，更怀疑一切是自己罪有应得。

你恨极了人间没有单纯的快乐，任何一次微小的开心都要掺杂着挥之不去的烦恼。

可人生向来就不是一派坦途。

人生就像在拼一块拼图，别人偶然路过的你的人生，便有可能改变了你拼图的顺序。

**你会在人生的拼图里反复试错，但这是找到正确答案的必经之路。**

有一次，跟几个朋友闲坐喝茶，偶然讨论到读书的习惯。

有朋友便直言，他喜欢博览群书，多去品尝不同风格、不同题材的滋味，便能对自己的生活方式有所启发。

我说，我倒是一个读书不算多的人，但我会把某几本书反复读上十几遍甚至上百遍。

朋友大笑，说："你这是犟种的读法知道不？不用说上百遍，一本书啊，你哪怕读上千遍，结局也不会改啊，你不是在犟，那还能是在干啥？"

我笑说，我是改不了结局，但我能反复修改自己的感受。

所有被我们吞不下的苦涩与遗憾，最终只属于我们一个人。

那些让我们遗憾的人，一直在过着波澜不惊、不被打扰的生活。

这种不对等的期待关系，对我们来说是一种消耗。

我们却天真地以为，这种消耗会有一个明确的终点，甚至还在贪婪地期待着有一个人，拿着一竿鲜艳的小旗子，对我们发出"一切都到此为止"的号令。

情绪的修复，从来不是等暴雨过去，而是在暴雨中跌倒后，不再着急哭，不在着急等来一位路人的怜悯，学会慢慢起身，拿路边的青草叶子揩掉高跟鞋上的泥点子，然后在风雨里转起了圈圈，跳起了舞。

一本书，反复读，等不来新结局，但能等来新的感悟。

一种情绪，反复咀嚼，等不来新反转，但能等来新的心境。

**说到底，情绪修复是一个自我救赎的过程。**

**最重要的不是逼着自己仰脖子把坏情绪一猛子灌下去。**

**而是你要知道情绪波动本就反复无常，别总想着一次性就给它解决完了。**

你能做的，是在情绪每一次想要吞没你的时候，既可以尽心，又可以随心，便足够了。

# 六
# 人间遍地是月光，而月亮只有一个

●

我亲手种出来的百香果被人偷了。

而且是成熟一个，偷走一个，成熟一排，偷走一排。就这样，这个从"小事业"做起的小偷，采用盯梢手段得手了三回，还无耻地扯断了百香果的两条藤蔓，好气！

最终，在这个小偷孜孜不倦地"努力"下，自百香果成熟以来，本轨一颗都没有收获到。

枉我浇水、施肥、打虫子药、拿园艺线梳理藤蔓，敢情是在为某个不知名的小偷打工？

其实第一次发现紫透的百香果被偷走的时候，我心里是毫无波澜的。

小区里遛弯，偶尔遇上别人家的果子熟透了，孩子说想要，大人给摘一个，无妨。

当初我脑子里也是这样还原百香果第一次失窃的场景的。

但是第二次我准备摘果子时，再一次发现被摘干净了，我当即就迫切地希望小偷吃完百香果后全家拉肚子了。

到了第三次，我不想说话，只想"磨刀"。

打电话给管家时，我的声音都是颤抖的，说明了三次被人踩点屠果子的经历后，管家立即联系了监控室。正对作案现场，有四个摄像头，其中有一个摄像头，能拍到小偷的正脸。在去监控室的路上，我忍不住怀了正义必胜的心情，甚至还走出了六亲不认的步伐。

但到了监控室之后，发现四个摄像头，竟然没有一个能用的？！

管家核实后解释说是老鼠咬断了线路……

所以，我要恨的，竟然应该是老鼠？

来之前，我还在心里暗暗盘算：给过你机会了，是你一次次地不知悔改，这次我非要在业主群里曝光你不可。

查看完监控，我的心理活动是：对不起，在下吹牛了，我根本拿你毫无办法。

这一系列事件的发生，瞬间把我衬托得像个任人宰割的废物。

陪我从监控室回来后，先生看到我在花园里望着百香果藤蔓直叹气，甚至眼中盈盈有泪，本想安慰几句，万幸欲言又止。

更万幸的是，他终究没有说出"不就是几个百香果，你至于吗"这种火上浇油的话。

我不管别人是如何心胸宽广，遇事稳健，情绪高级，善于原谅一切。

对我来说，很多时候一件极小的事就能让我发火。

我的好姐妹饭岛小野说，她也时常会因为一件极小的事发一场巨大无比的火。

所以，我经常会琢磨一件事，人类为什么会因为很小的事生很大的气？

• •

也许在别人眼里，我揪着不肯放的只是价值几块钱的百香果。

可在我心里，第一次来偷我觉得你就是图好玩，第二次又来我觉得你可能没忍住，第三次你再一次把手伸到我院子里，如果我再继续忍下去，那不等同于同意别人随意欺负？

我心里很清楚，这件事情的本质是我的底线一次又一次被挑战，我播种的快乐一次又一次地被剥夺。

在别人眼里，你突然暴跳如雷的点，是垃圾袋没有被先出门的老公、婆婆给拎走。

在你心里，这件事情的本质是，地我可以扫，房间我可以收拾，垃圾袋满了我可以上手扎个死结拎到家门口，你们一个个吃完早餐都走了，却没一个捎带把垃圾拎出去的？

你心里很清楚，这件事情的本质是，无论是谈恋爱还是做家务，走了九十九步的人，会在发现对方迟迟没有迈出最后一步时，陡然生出一种"再也忍不下去了"的情绪。

这才是我们为什么会因为一件"小"事生大气的根本原因。

∵∴

陪女儿去上课，离开课还有一段时间，她一直缠着爸爸玩，一会儿过家家，一会儿"你来追我"，一会儿要帮她"起飞"……

每隔三分钟，就会有一个新的需求出现，如果没有及时给到她应有的反应，梅朵朵就会生气。

在被一个三岁小朋友反复折磨了半个小时后，先生一言不发地坐到我身边。见我掏出口腔喷雾往嘴里喷了一下，突然气愤地说："这是什么三无产品你就往嘴里喷？知道里边成分是啥吗就往嘴里送？中毒怎么办？"

我一下子被这三连问搞蒙了。

这样一个理性且好脾气的高情商男人，为什么会突然跟一管口腔喷雾过不去？

三连问完毕后没等我申诉"这不是三无产品"，先生就叹了口气带着电脑到边上工作去了——他明显察觉到了我对他情绪爆发点的不解。

不过很快我就从这一系列的先后反应中判断出，他为什么突然跟一管口腔喷雾过不去。

他当天工作强度很大，累了一天只想安静坐会儿，但不得不打起精神陪娃东奔西跑，在他看来，那都是倾尽了全部的力量与耐心在哄女儿开心了，可女儿还是会冲他发发脾气。

那一刻，他是寄希望于我能陪女儿玩会儿，让他喘口气，而不是坐在一旁看书。

**隐忍不发的情绪，如果不及时处理，就会转化成别的形式释放出去。**

美国心理咨询师 Teyber 曾提出过情绪星群概念。

意思是，一种表面情绪背后，其实隐藏着一连串其他情绪，被隐藏的情绪往往是更加痛苦、令人想要逃避的，于是被另一种更能被接受的表面情绪替代了。

有人看到这个结论会大吃一惊。

对方因为一点小事无理取闹还有理了？他有情绪，我没有？

我凭什么要做出让步，理解，安抚对方。

况且他发脾气真的发得很莫名其妙啊！

哦，是吗？

你也有更好的选择啊，失去他，离开他。

什么？你不想分手？你其实可以忍耐一下的？

好的。

不想分手那就积极解决问题啊。

有个男生曾跟我说，他觉得女人其实是一种容易得寸进尺的生物。

她莫名其妙地发火，你不管三七二十一已经主动去哄她了啊。

"宝贝，别生气，我错了，我下次一定注意。"

结果过几天，她还是会不停地因为一件又一件"微不足道"的小事跟你发火了。

你觉得委屈，我哄也哄了，好话说也说了，可她为何还是没完没了？

我们假定一个场景：

女朋友下班了，准备去做饭，一摸那个号称被你洗过的碗，嚯，摸了一手油。

她昨天刚因为你把带着洗衣液泡沫的衣服晾出去已经发过一次火了，今天又被你洗过的那个油碗给惊到了。

她绝望地大喊着："XXX，你为什么总是这个样子？"

在你看来，她今天发火只是因为一个没洗干净的碗。

所以，你也很委屈。

比起那些完全不进厨房的男的，你已经比他们强很多倍了！

很遗憾，这种思路对于不想分手还想再挣扎一下的你来说，并不是有效思路。

昨天你是哄过她了，但你哄她时是敷衍的，她清楚，你也清楚。

甚至，你只是嘴上说着"对不起"，心里想的是"不至于"。

而今天，当她因为一个油碗又发火时，你再一次认为，她真的是因为那个没洗干净的碗在小题大做。

你从未探访过对方情绪背后被长期压抑的深层情绪。

也许，她只是非常讨厌任何人任何事都要为你的游戏而靠边站的荒诞。

也许，她只是在怀疑，你早就对她不怎么上心了。

也许，她也无数次动过离开你的念头，可还是觉得自己很爱你所以想要再挣扎一下。

这些，你都没有察觉到。

你看到的，只是她脾气越来越差，为了一点小事就生气。

**恐惧憋在心里，有时候就会变成攻击。**

所以，不要着急对一段关系失望，也不要着急用你"宏大"的格局质问对方一句"你至于吗？"。

这件事是相互的。

淡定下来。

**我们都试着去解决深层次的情绪，这样才不会轻易错失一个真心喜欢的人呀。**

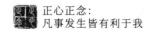
# 七
# 平日浅浅牵挂，相见依旧松弛

●

说起来好笑，我小时候上过很多次"言不由衷"的厕所。

那个时候，好不容易交到合得来的朋友，便会小心翼翼地把她的事情当成天大的事情。

她笑，要陪着她笑；她哭，要陪着她哭；她课间递过来一个小眼神，要毫不犹豫地放下笔跟她勾肩搭背地上厕所。

仿佛每一个环节都在担心自己会被别人替代了去。

很多时候，女生课间结伴去上厕所，不一定真是为了上厕所去的。

她们要在这漫长而又短暂的往返路上，讨论放学后的计划，倾吐青春期的心事，然后以此来确定自己是对方最要好的朋友。

可这样的情谊，总是因为某个女生或者某个男生的出现而被轻易改变。

后来跟朋友聊起来小时候维系友情的方式，不禁笑着感慨，那可能是我这辈子在朋友身上花过最重的心思了。

如今一回忆，猛然发现，自己竟然连当年陪着去了无数趟厕所的同学的名字都叫不上来了。

　　你看，那些曾被你看得无比深重的情谊，常常最是淡薄，她看不懂你的惴惴不安。

　　有时候，我们只是以友情为名，互相绑架着彼此走过一段懵懂荒诞的路。

●●

　　有一年，我去高校做新书分享。

　　当年关系最好的一个闺蜜，刚好也生活在那座城市。但我们毕业之后，已经有八年的时间未见过面。都在各自的路上忙碌着，一年也打不了一个电话，只是通过朋友圈了解对方近况。

　　就像她知道我要去她的城市，并不是因为我单独告知了她，而是她从朋友圈刷到了活动海报。

　　预先我们也没有一定要约着见面，况且那天天气也不好，下了极大的雪。

　　可她欣然出现在观众席的一瞬间，我还是一眼就从偌大的报告厅里捕捉到了她熟悉的眼神。

　　是骄傲，是感慨，更是久别重逢。

　　活动结束后，我上去牵着她的手，问她："怎么来也不说一声啊？"

　　她笑着说："怕打乱你的节奏呀，我就这么见缝插针地看你一眼，也是好的。"

　　我眼眶一红，拉着她在雪地里走了很久的路。

这人间遍地是月光，可月亮，到底只有一个。

总有那么一个人，胜过万千泛泛之交。

次日我要离开赶赴下一场活动，她反复打电话，说雪下得太大，要我先不要着急走。

一样的话，一样的叮嘱，反复打了五六通电话来说，语气有要求，有撒娇，也有强硬。

助理在一旁说，轨姐，你这个朋友好奇怪啊，她好像把你当成了三岁小孩。

我哈哈大笑，只说了一句，她一直如此。

旁人看你，是怪脾气。

我看你，是万人迷。

我一直觉得，好的友情，不需要腻歪，不需要整日待在一起，就平日浅浅牵挂，相见依旧松弛。

在来日方长的情谊里，从不舍得打劫对方意愿，却总是递上恰到好处的温暖。

张爱玲说，如果老朋友再会晤的时候忽然不投机，那是以前未分开的时候，已经有了某些使人觉得不安的缺点，已经有了分歧。

不得不说，她把人与人之间的微妙，描述得太贴切了。

没有莫名其妙，没有毫无理由，没有突然如此，没有不小心删除。

**一切早就有了裂痕，只是你还一派天真。**

我们总不能一直容忍旁人以考验友情为名，行为难我们之事。

好的情谊，要尊重彼此的底线与原则，而不是一言不合就甩脸色。

我不喜欢散不了场的相聚，更不喜欢与谁一直腻歪在一起。

小孩子式的友情很可爱，可让成年人觉得更舒适的关系，还是要给彼此留下喘息的空间。

无论是友情还是爱情，到底还是一场双向奔赴的关系。

**所以，比肩而立，要胜过万千个手足无措、费心费力的时刻。**

第四章

# 正心：境随心转则悦，心随境转则烦

有滋味的生活，需要真心喜欢，不为表演，不为攀比，不为掌声，即便跟全世界真的失去了联系，你依然爱自己且有所热爱，你依然能从当下的一草一木里感到具体的满足与快乐。

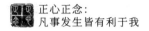

# 一

# 时光从未怠慢前行的我

●

两年前，有个学妹，像我一样放弃了所学专业半路转了行，幸运的是，她转行转得很成功。

因为文章写得好，脑子转得快，学新东西的能力惊人，更厉害的是，她小小年纪为人处世的方式也让人感到异常舒适，所以很快成了一个某知名人物身边的"头号打工人"。

因为这几样综合优势，她被自家大老板频频带着出入各种名流云集的大场面。

一开始她像一只被吓坏了的小仓鼠，可半年后，她就能非常自如地站在老板身旁跟这些大佬谈笑风生了。

同时，很多巨额薪资的意向书（offer）一时间都向她冲了过来。

有一天，她约我出来喝咖啡，红光满面地说自己想好了，休完年假回去就辞职，待在现在的公司太耽误她暴富了，问我这个时候跳槽可不可以。

我摇头，说火候不到。

她赶紧跟我解释，说我知道姐姐你担心什么，担心我现在辞职拿不到年终奖。现在公司年终奖发的那点钱，我去下一个新公司，一个月就拿到两倍，我现在走并不吃亏。你不知道，我现在的发展速度，明显比当时跟我同期进公司跳槽走的同事慢了一截了，我是真着急了。

我说，我不是那个意思。

满打满算，你跟着某知名人物只做了半年，虽然你成长速度快，可你觉得自己跟那些大佬都建立了深厚又平等的合作关系了吗？你是红人不假，但红是因为你老板有牌面儿，没了她，没了平台的合作关系，你觉得那些大佬还会搭理你？挖你的人，只管你当下的价值，至于未来长远的打算，你自己不去想，还指着别人帮你想吗？

学妹迟疑了一下说，可我觉得大部分东西我都学会了啊，再继续待着没有意义。

我摇头，别说一个公司的生死起伏，还有十倍百倍的增长与变化，就是当下的你也未必是自己理解的那样，什么都学会了。你自己负责的那一块你可能确实做好了，但一个项目能成，很大部分要靠团队协作。独挑一整摊子的本事，你未必学会了。

学妹纠结了很久，回去后还是忍痛拒掉了高薪跳槽的机会，决定继续把合同内的时间都做满再看，用她自己的话来说，我继续回去"爬"了。

我知道，她是在自嘲接下来的前行速度要放缓了。

两年后的某天，他们公司迎来了知名投资公司的领投，由于她从头到尾参与并执行了大部分环节，加上性格踏实肯干，

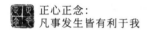
她用最短的时间，成了现在公司的持股合伙人。

用学妹的话来说，如果当初跳槽走了，差距就是每个月多个万把块，对于生活品质没什么实质性的影响。

而现在，她具备了三十出头就能随时退休的底气。

这是什么？

这是彻底的财务自由啊。

这看上去是走了狗屎运才等来的千年难遇的大机会，但其实也是偶然中的必然。

很多人在年轻的时候，以为优越感都是由工资是否比同龄人多个几千块钱决定的。

但四十几岁的中年人都会明白，真正的优越感，都是由十年前某一次咬牙切齿的选择决定的。

**能不能在年轻的时候克服五花八门的欲望，能不能沉下心来在某个领域内持续深耕出自己的专业性和美誉度，才是决定十年后是否有巨大差距的关键。**

**你看，有时候，慢慢走，竟然是最快的。**

●●

有个朋友，讲了一件令他唏嘘不已的事。

前段时间，人事往他邮箱里转发了几份简历，说初筛后这几位条件不错，如果满意，可以定一下名单，安排进一步的面试。

他一眼看到一个名字，当时就震惊了。

不会这么巧吧？

于是赶紧去看高校名字，心里咯噔一下，还是有点诧异，于是又去看了这个人的工作经历，看完之后，他就确认了，这个要来应聘经理岗位的应聘者，就是当年跟自己同一个高校毕业，同进过一家单位实习的旧友。

确切地说，他们更像是难兄难弟。

在那家实习单位做了一年后，他们走上了截然不同的路。

做过销售的都知道，新手拿单有多难，他俩的毕业院校其实很好，但因为这家公司规模大名气大，所以好多同学都拼了命地想进去。

他俩是那批实习名单里，唯二留下来的小兄弟。

两个人水平差不多，都是优秀毕业生，外貌条件也不错，当时一起留下来后，两个人还抱到一起，流下过惺惺相惜的眼泪。

工作了一年后，两个人还是没什么太大的突破，带他们的前辈也不是很上心，大有让他俩自生自灭的意思。

那位兄弟熬不住了，动了跳槽的心思，当然，他特仗义地拉着朋友一起跳。

朋友当时也动心，因为那位兄弟说已经跟下家谈过了，薪资和提成比例都比现在的条件好。

但思来想去，还是没敢。

对，当时朋友没跳槽并不是出于权衡考虑，只是因为不敢。

年轻的时候没几个人有太长远的规划，他当时只是单纯地认为，现在去，自己的能力有点配不上那个待遇，怕时间久了人家公司觉得他不值这个价，接下来的日子就不会太好过。

那位兄弟劝了他几天，看他瞻前顾后的，便一个人走了。

后来朋友公司赶上了一次人事变动，业务老大换了人，他因为白纸一张没站过队，意外成了新老大的重点扶持对象。

后来朋友越做越顺，名利双收后，开启了人生的新赛道，自己出来跟人合伙创业，公司规模和盈利能力慢慢地都能跟一线同行抗衡了。

而那个当时急不可耐冲着高薪就跳槽的同事，在长达六年多的时间里，一直在做同一件事，那就是跳槽，再跳槽。

不管去了哪家公司，核心业务都还没接触过，就因为心气不顺等种种琐碎的原因又跳去下个公司。

在知名大公司镀了一年金的履历，很快就不值钱了。

后来的一次跳槽投简历，就有了开头那一次跟朋友的尴尬偶遇。

朋友长叹一声，考虑再三，拿起电话联络了几个关系不错的同行，默默做了一次牵线推荐，剩下的就只能祝他好运了。

朋友终究要给当年的屠龙少年留下最后一丝尊严。

不是不鼓励跳槽，不是反对换赛道。

相比于跳一次槽，换一次赛道其实风险更大。

**在没有具备深耕细作把一件事做到极致的能力时，在风险面前无异于裸奔。**

杰克·特劳特在《定位》里说：

如果什么都做，将会一事无成。最好聚焦于一个东西，让自己成为独一无二的专家，而不是什么都敢的通才。

**深耕细作是聚焦，是精进，是创造一个领域内无可替代的价值，是让自己成为独一无二的专家。**

有人会叫板，有些人在一个岗位上干了一辈子都没挪窝，也没见他们成为专家。

**深耕细作，不是原地搬砖混日子。**

有没有混日子，最简单的标准就是扪心自问一下，比起三年前的自己有没有提高。

只有那些不肯混日子的人，无论多少岁，都绝对不会被时代抛弃的恐惧感支配。

**躬身深耕者，在任何时代都是王者。**

躬身前行的人，在狂飙突进的时代洪流中，看上去像是在不疾不徐、很不起眼地往前"爬"着。

可只有退潮时，你才知道谁在搭建百年古堡，谁在慌慌张张追赶进度，身后却散落了一地的豆腐渣。

时光从未怠慢过任何人。

那些花时间在生活的细枝末节里深耕细作的人，已然在漫长的时间长河里埋下了充分的彩蛋。

只是，开彩蛋的时机，由他们自己决定。

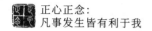
# 二
# 把时间留给有结果的事

有读者在公众号后台留言问我:为什么男生可以一直暧昧不表白?若不喜欢我他又为什么要每天都来找我聊天?

我给她讲了一个故事。

鼓浪屿的街面上,站满了热情洋溢的试吃品促销员。

奶片、海苔、牛肉干、猪肉纸……一步一摊,任你试吃,吃完不买也没人奚落你,抹抹嘴,你还可以假装若有所思地大大方方去下一家接着品尝。

如果你仔细观察,就会发现,有些顾客很神奇,他们会把每一家的猪肉纸都品尝一遍,但还是下不了决心去购买。

是全世界的猪肉纸都配不上他的味蕾要求吗?

当然不是。

是因为他们喜欢白吃的乐趣。

那些通过白吃就能满足自己口腹之欲的人,只会选择反复白吃,而不是花钱把白吃过的东西买回家。

世界上所有差点意思的暧昧关系,不过都只是想占有而不想付出罢了。

•• •

云知道民宿开业后，隔三岔五就会飞过来几个神情涣散、挂满泪痕的女读者来给我讲故事。

有个女孩说，刚进单位的时候，有个男孩待她特别热情。

被甲方气哭不肯去吃饭时，桌子上会冒出来一屉小笼包。

公司团建时，遇上高处的台阶，她穿着裙子不方便跳，他看见了会直接当众把她抱下来。

十一假期她要回老家看父母，男孩子眼中盈盈有光，非常不舍，还从家里拿了一瓶红酒交到她手里，说是带给叔叔阿姨的礼物。

全公司都以为他俩在谈恋爱，可等她从老家回来的时候，却发现这男的竟公然牵着另外一个女同事的手上下班了。

人回老家一趟，绿帽从天而降？

着实令人难堪。

问，又不好意思。毕竟，那男的从头到尾都没跟她说过喜欢她。

不问，却有股迷之怨气幽居在胸口挥之不去。

更令人不解的是，这男的明明都把跟另一个女同事的男女朋友关系公之于众了，每晚还能非常自如地找她聊天儿。

真就当风没吹过，我没来过？

"我总感觉，如果那个假期我没回老家，他肯定就跟我表白了，因为在感情的升温期我突然回了老家一趟，才让他移情

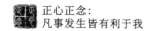
别恋了别人，我其实应该主动跟他确认关系的，我也有错。"
这话是那位女读者原封不动、一字不差地说给我听的。

我当即惊住了。

**一个人为什么会被一段暧昧关系伤得体无完肤、两眼无光？**

**因为你总是喜欢给别人找借口，然后拿这个借口反过头来
骗自己。**

他会不明白，深夜可以聊天的人都是彼此心里有那点意思
的人？

他会不明白，你难过时给他打电话其实是在寻找一副爱的
肩膀？

他会不明白，每天下班后你愿意等他一起走其实是默认他
是那个值得你等的人？

他会不明白，两个人十指相扣走过大街小巷其实已是意味
着在人群中把爱意说尽？

算了吧。

是他揣着明白装糊涂罢了。

相信我，你已经表现得足够明显了。

相信我，真不是他太过内向不好意思开口。

真喜欢，早就说了。

真有意，就不怕你我再进一步。

**能旷日持久地把你搞得云里雾里的人，不过只在钓鱼。**

∵∵

成年人不怕没人爱，也不疯疯癫癫爱得炽热。

**成年人最怕遇到的关系，是跟差点意思的人来回拉锯。**

你以为进度条在一点点被拉进，谁知道在对方那里其实一直都是遥遥无期。

他们说，那是一段感情的博弈。

博一段关系的主导权。

博谁先开口谁就输。

博谁才是真正的优势方。

博欲擒故纵游戏里的真正赢家。

我说，我不想博。

我这个年纪的人，早就懒得跟差点意思的人周旋了。

遇到差点意思的人，能绕着走就绕着走了。

我就喜欢有付出就有回应。

**我只愿意把时间留给有结果的事和说到做到的人。**

互删吧，那些始终跟我差点意思的人。

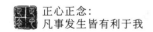

# 三
# 洒脱是性格，事不过三是原则

●

爱情需要实锤才能完全确认自己在谈恋爱吗？

需要的。

王绵绵那天去食堂吃饭，排在了一个骆驼一样高大的男生身后边。

王绵绵觉得压抑极了——挤地铁的时候，她顶害怕被一群骆驼一样的男的挤在当中，她苦苦拽着把手，吊在半空中像只傻猴子不说，后脑勺就这么平白暴露在周围人的眼皮子底下，让人一天不洗头都不好意思挤地铁。

王绵绵踮着脚尖往食堂大妈的勺子那儿瞅，想确认一下自己梦寐以求的红烧狮子头是否还"健在"。

但前边这个男生实在是太挺拔了，王绵绵踮着脚也不顶什么用，于是忍不住蹦了两下。

可能是她蹦得太努力了，男生终于感受到了身后的异样，侧过脸来想确认一下身后是否站了一个满脑子都是干饭念头的神经病，并用慵懒又不屑的眼神瞅了她。

可就是这样一双不太友善的眼神，瞬间就扽住了王绵绵母胎单身二十一年的喉咙。

"天啊，这双眼睛我太喜欢了，不行了，我要得到这个小哥哥。"

平生第一次，王绵绵不太希望这支队伍如此快地消减。

前边还有 8 个人，她必须在这 8 个人全部离开队伍之前，跟这哥们完成一次"既不尴尬又能得手"的正面交锋。

王绵绵绞尽脑汁，甚至还不自觉地发出一声一筹莫展的长叹。

毕竟，对于她这种完全没有撩汉经验的女孩子来说，主动撩汉就变得难度极大。就在男生转身离去，马上就要消失于人海的前一刻，红烧狮子头救了她。

"同学，我能不能借一下你的饭卡，我卡里的钱不够我买完这十只红烧狮子头了？"她抢先说道。

男生刚插进裤兜的饭卡，被她的"十只红烧狮子头"震到了地上。

王绵绵见男生不说话，就赶紧解释："我可以加你微信，然后马上转账给你的。"

男生也红了脸，差涩地说："额……我不是这个意思，我是说十只狮子头，你一个人吃得完吗？"

王绵绵这才意识到，自己光顾着核算自己饭卡上的余额和狮子头余数之间不可调和的矛盾了，忘了摆在明面上的客观不合理了。

王绵绵顿时觉得无比尴尬，其实她本可以说是给寝室里的姑娘们一起带的，但当时她脑子宕机了，就没想过撒谎之后的事，

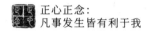
一环套着一环等着她圆。

食堂大婶的勺子已经不耐烦地转了两圈，王绵绵索性挺直腰杆补了一句：能吃完，我是干饭王。

男生忍着嘴角的笑，弯腰捡起饭卡递给了她——抬起眼睛的那一刻，那双薄情又迷人的单眼皮再一次击中了她。

"同学。"男生抻着胳膊提醒着她——王绵绵光顾着沦陷，忘了接卡了。

她赶忙接过来将余下的十只红烧狮子头统统收入饭盒中——但她高估了饭盒——装不下，于是她在食堂大婶的建议下，用一只透明塑料袋装下了红烧狮子头，当然，她依然不忘提醒食堂大婶，不妨把余下的汤汁一股脑倒进来。

"有汤汁泡着，凉了都好吃。"她看大婶倒汤汁的动作有迟疑，就嬉皮笑脸地解释，等她贫完，王绵绵才想起来，哎呀，还没加小哥哥微信呢。

让一个大男生杵在这里等着被扫码还钱，想必他是不好意思才悄悄离开了吧？

王绵绵撒丫子往门外追，大门那厚厚的挡风门帘刚一掀开，一头撞上了一堵墙。

不，是那个男生。

他噗嗤一声笑了出来，像是早就吃定了她会心急火燎地冒着傻气跑出来到处找他，手里的微信二维码界面就这么伸到了她面前。

这是王绵绵活到这么大最快活的时刻了。

一个这么好看的小哥哥，举着微信二维码，在苦苦等着我王绵绵来加他。

我不来，他不走。

哈哈哈哈哈，这该死的至死不渝，这突如其来的磐石无转移。

**你看，女孩子之所以更容易在暧昧关系里迷失，往往就是因为她们太喜欢过度解读一些什么都代表不了的信号。**

●●

王绵绵今天中午的觉，没的睡了。

她反复盘着聊天界面，我们俩已经"你好"过了，"谢谢你""不客气"过了，转账过去他也客客气气地接收了，后边还能咋聊？

难道这就是"爱情来得太快就像是龙卷风？"

不不不，我不允许我的爱情消失得这样草率。

她拍床而起，让寝室里的姑娘帮她分析分析，毕竟吃人狮子头嘴软。

上铺姑娘小盒子表态："目前局势不是很明朗，他如果上来就急切地聊天反倒说明他也不是什么好人，矜持、客气是好事，你不是说了吗？他特意没走，特意站在食堂门口等你，这说明什么？这说明他对你并不反感，有戏。"

王绵绵欣喜若狂，使劲点头。

对铺姑娘翻了翻身，背着她来了一句："才到哪儿跟哪儿啊，

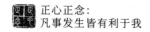
先聊着呗。"

这话王绵绵就不爱听，明显不负责任瞎敷衍。

她决定了，以后这事儿还得跟小盒子商量。

第二天早上，她主动给对方发了一个"早啊"。

看似稀松平常，其实她挣扎了一晚上。

对方很快还了她一个"早"。

王绵绵一下从板凳上蹦下来，你看看，我说什么来着，那些鸡汤文都怎么说来着，秒回才是真爱对吧？

王绵绵一头扎进了话题开启者的海洋里，跟骆驼小哥哥热火朝天地聊起来。

最激烈的那次，两个人聊到凌晨2点多才恋恋不舍地互道晚安，而且那声晚安，是男方发来的语音。

王绵绵把那声"晚安"放在耳边也就反复听了二百来遍吧。

一边听，一边傻笑，月光透过窗帘的缝隙落在了地板上，像是谁一不小心洒在地上的水珠子，窗外树上的叶子近乎悲戚地响着，可王绵绵只觉得优美。

她甚至捋着自己胸前那根细细的项链，想尽了从未想过的娇羞之事。

第二天一早，王绵绵又去食堂打饭，排在队伍里的一瞬间，一想起那头骆驼，王绵绵手里的餐盘都在止不住地颤抖。

那幽幽的男人味，那薄情又痞气的单眼皮，突然出现在了王绵绵的脑海里。

她好痒，想他想到痒痒。

可王绵绵又掐指一算，两个人也热火朝天地聊了有一个多星期了，他为啥还不约我呢？

不可能是有人捷足先登了，他朋友圈里没有任何恋爱的气息，这我还能闻错？

那他可能太矜持了吧？行吧，你不好意思，老子好意思。

不都说女追男隔层纱吗？

窗户纸我来戳，你只管躺平。

王绵绵发了一张电影新片的截图给他，发完她才意识到，早上她发给他的"早"，他还没回呢。

王绵绵心里空落落的，最后一次聊天以她结束，下一次聊天还是以她开始，虽说她已下定决心要主动，但还是觉得心里空落落的。

胸口仿佛有个窟窿，呼呼漏风，要哥哥的很多爱才能填平。

她屏住呼吸，死死盯着屏幕。

什么叫聊天？

**有来有往才叫聊天。**

只可惜，被暧昧冲昏了头的女孩子，没一个知道。

还好，男生应约了。

王绵绵把怀里的饮料一股脑塞到他怀里，甜甜地说："我也不知道你爱喝什么，就多买了几样，你来挑，不喜欢喝的，可以带回去给寝室室友喝。"

小哥哥笑，突然伸出纤细的手指，帮她拢了拢耳边的碎发，指尖划过了发丝，也划过了少女敏感的耳垂。

王绵绵红着脸咽了一口口水，两个人跟着人流进了电影院。

电影结束了，刚好是饭点，王绵绵刚要张口说"一起吃个饭吧"。

小哥哥看了看手机上的时间，说了一句"今天太晚了，就先不请你吃饭了"，还没等王绵绵反应过来，小哥哥已经礼貌地跟她"拜拜"过了。

王绵绵看着小哥哥背着双肩包站在扶梯上看着手机，另一只手还提着满满一袋子她买来的饮料，心里拔凉拔凉的。

5点半啊？不刚好是饭点？这还晚？再说我不用你请客啊，我来，我来买单，你只管吃也不行？

王绵绵生气了。

回到寝室洗了个澡，然后把自己用被子死死裹住，只露出一只脑袋哀哀地望着上铺的床板子。

小盒子提着暖水瓶一进屋，就闻到了空气中的异样。

"他鸽你？"小盒子试探着问。

"鸽倒没鸽，就是没什么进展，我也不知道他怎么想的，不喜欢我，又为啥摸我头发？"王绵绵声音都抖了起来，甚至带上哭腔了，唉，她本来不想表现得这么弱势的。

"都摸头了，还能不喜欢？"

"是吧？你也是这样认为的是吧？"

"那当然，有些男生就是行动力差，但心里喜欢，你现在就跟他表白，推他一把这件事肯定就成了。"

凉透的血又沸腾起来，王绵绵一屁股坐起来，往手心呵了一口气，一条"要不咱俩试试？"的短信，就这么冒冒失失地发了出去。

等待回复的空当，她光厕所就去了三次。

那头骆驼回：我还没准备好，不想耽误你。

咦？味道为何莫名有些熟悉。

上一次王绵绵拒绝一个外系学弟的时候，看他天真又烂漫却不是自己的菜，不想伤害他，就无师自通地跟人说了一句：我还没准备好。

王绵绵好像有点品到意思了。

这时，对铺那个冷言冷语的姑娘突然推门进来，一看到王绵绵僵在那里，莫名向她投来同情的目光。

王绵绵被这种击碎自尊的同情激怒了，刚要发飙，对铺姑娘先说话了。

"别太难过，他没去跟你看这场电影是因为他心里有人了，你早点知道也好，省得陷得太深，被他耽误。"

等等——你说他心里有人了我倒不震惊。

我震惊的是，你为何一口咬定他没跟我去看电影？

其中的蹊跷，终究还是被王绵绵察觉到了。

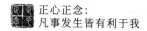
∵

对铺姑娘知道她想问啥，便叹口气透了个底。

"刚刚我们社团的一个学姐，被你相中的那头骆驼当众表白了，这表白我只见过单膝的，头一次见这么轰轰烈烈的双膝跪地的……他忙着去给人表白，哪有时间赴你的约啊。"

脖子上的筋突然抽得厉害，突突地狂跳，深吸一口气后，王绵绵突然就有点释怀了，敢情是遇到时间管理大师了啊，估计还可能是个养鱼大户吧。

"怪不得走得那么着急，原来是赶往下一站啊，心里有别人直说就好了，我王绵绵虽然没有情场上的战斗经验，但基本的先来后到的江湖规矩我还是要讲的，直接说了我还能插足他的爱情不成？"

对铺姑娘喃喃了一句："你想多了，他跟学姐认识，只不过是今天上午的事儿。"

王绵绵自言自语道。"什么？今天上午刚认识，晚上就表白？疯了吧！这也太快了吧？"

王绵绵这下可抻不住了，她意识到自己突然被骆驼小哥这风驰电掣的速度逼到了完全没了面子的境地。

"真要特喜欢，他当然害怕错过任何一个可以向对方表达爱意的机会啊。"

对铺姑娘这一刀下来，王绵绵的心尖尖上都在汩汩地往外冒血。

原来在感情面前，根本就不存在行动力差的人啊。

**你的心这么累，到底还是因为他不喜欢你。**

现在回想起来，就约过那么一次会，电梯门是她伸手挡着的，电影票是她去团购的，饮料交给他之前勒得手上出血印子可还是她一路提着的……

**往细节里想一想，爱与不爱真太明显了。**

**掉进鱼塘里还满脑子粉色泡泡的女孩子，对方的任何一个表情任何一个动作都能被她无限放大。**

捅破窗户纸之前，王绵绵总是担心，我不说喜欢他不知道怎么办？我不约他他也不约我该怎么办？

呵，现在可明白了。

男孩子要真喜欢你，他可太擅长从你的信息里捕捉到喜欢的信号了，并且一定会马不停蹄地主动约你。

根本轮不到女孩主动。

**进度条不一致的暧昧关系，谁先急眼，谁先出局。**

算了，就当风没吹过，你没来过。

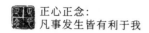
## 四
# 爱从不同情弱者

12月末，一个女读者给我留言："5号我们分手，6号一早他就官宣了新的女朋友，我妈我闺蜜都劝我想开点，既然分开了就大大方方彼此祝福，可祝福的话始终说不出口，本来是和平分手的，却被他无缝衔接这一出搞得恶心、失眠、总是掉眼泪。"我就问她："姑娘，打过车吗？"

她诧异："当然打过。"

我说："打过车你就该知道，你一旦下车了，就会有新的人坐上来占了你之前的位子。区别只是在于，你刚下车，司机就接到了单，还是1个小时后，有人打到了你打过的这辆车。你知道这辆车早晚会坐上别人，但你只是不希望你前脚刚下车，后脚就有人坐了上去。"

姑娘有点恼："这就不是一回事，我气的是他能这么快谈了新女朋友，你敢说他没有可能是在跟我还没分手期间就跟别的女生联系？"

我当然不敢说。

我甚至还能基本断定，分手后能无缝衔接地这么迅速的男人，八成早就是个养鱼大户了。

"但是你跟他和平分手的原因是什么？"

姑娘直接回我一段语音，哽咽着说："不是。我们都是独生子，他不愿意来我父母所在地买房，哪怕我家愿意出买房的钱，他还是想留在他父母的身边，最后拗不过，反反复复聊了很多次，最后不想彼此耽误，决定分手了。可他分手那天明明哭得身子都软了，还说将来无论走到哪一步，他心里都永远有我的位置，怎么能转过头就在朋友圈里官宣新恋情呢？

所以，即使没有他的新恋情，你们也会分手的，对吧？

你嘴上可能不肯认，可你心里比谁都清楚。

**很多时候，分手后我们感到痛苦，只是因为嫉妒对方比我们先快乐起来。**

● ●

无缝衔接的人，要么是真优秀，要么是真渣。

优秀到随时分手，随时有人愿意贴上来，他只是在自己也不确定的时候着急找个人来填补他内心的空虚和慌张。

渣到分手只不过是他蓄谋已久的打算，他跟你在一起的时候一直跟别人保持着一段暧昧到可以随时升级成恋人的关系。

而让我们恶心与愤怒的，往往是第二种。

因为你总是忍不住脑补一幕又一幕他一边跟你在一起，一边跟别人暧昧的画面。

被人耍了，又没有身份去发作。

怒火在心口上幽居久了，就成了你一个人的心病。

你发了朋友圈，为自己的愤怒与无辜寻找到了最后的出口。

你想告诉全世界，你更想告诉你们的共同好友，这个垃圾到底多么不是人。

你希望真正的朋友，会在这个时候跳出来支持你。

可让你诧异的是，原来更多人只是关心八卦猛不猛，没几个人在意你的和意难平。

可你依然不愿意让自己接受，他本可以成为你的遗憾，现在却成了你侥幸避开的最坏选项。

分手后无缝连接的人，真的可恨。

可谁也没规定过，分手了还要单身三年。

甚至严格来说，分手后马上有新欢的人，既不是劈腿，也算不上出轨。

只是那个你曾经熟悉的人，猝不及防突破了你的道德底线。

不知道什么时候起，你悄悄把自己推向了抱怨的深渊。

越来越多的人不在乎他当初有多渣，越来越多的人忘了你们当初为什么分手。

那些人后来谈起你，谈起你们，总是说，某某都结婚了，她还缠着人家不放。

**你看，爱情很势利，从来不同情弱者。**

无论你心里有多大委屈，无论他有多可恨。

**分手了，谁守在原地谁就成了笑话。**

∵∴

电影《东邪西毒》里说，人最大的烦恼就是记性太好，如果可以将所有的事都忘记，以后的每一日都有个新的开始，那你说这有多开心。

我们总是容易被上一段感情扼住喉咙。

你也会在深夜里望着满天星光的时候，突然喃喃，如果可以的话，下次大家都不要再遇见了。

很遗憾，大家还是要遇见的。

**忘记一个人的开心，只属于少部分的人。**

那是人家的天赋，你求不来。

**现实生活中也本就没有那么多开心的人，只不过大家后来都学会了把自己变成想得开的人。**

生活残酷，必然要淘汰那些频频回头不肯往前走的人。

治愈走不出来最好的办法，就是让我们自己也拥有无缝衔接的能力。

我也可以渣，可我偏不。

我偏要把最好的我，留给那个满眼都是我的那个人。

至于谁能爱到最后，谁早晚困在时间里头，走着瞧。

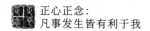
# 五
# 总要越过无关的深渊，飞往自己的高山

●

有一年夏天，去一对夫妻朋友家的菜地里喝茶。

原本满是淡粉月季墙的花园里，被两人埋了原木色的篱笆，润红色的土地里里外外一平整，开春就种下了西红柿、茄子和一地的生菜。

两人见着满院子的丰收景象，满心的喜悦无处去说，便和几个密友大方地说："都来都来，随便摘，随便拔，光靠我们俩吃，一辈子也吃不完。"

男主人说得过于夸张了，本以为女主人会纠正，谁想到，女主人竟纠正成了"我们是两个人，应该是两辈子也吃不完"。

架不住两人的热情与逗趣，大家真的毫不客气地跑到她家的菜地里参观来了。

一杯热茶下肚，讨要西红柿的话还没说出口，一条毛茸茸的东西擦着我的脚踝就窜到了屋子里。

正诧异着，夫妻俩几乎同时腾地起身，双双跟了过去。

屋子里随即闹成一团。

丁零——哐啷——滋啦——吱嘎……

我站在门口瞧着，两人费了好大的劲，抬起一顶橱柜，移开一排沙发，搬走几摞角落里的书和杂物后，一只毛色发亮的树鼩暴露无遗，它痴愣了一下，见大白猫一身威风地追了上来，吓得一阵风似的往楼上蹿去，夫妻俩见状，站在客厅弯着腰笑了好久，像俩捣蛋得逞的孩子。

我问女主人，你俩这是干吗呢？

女主人说，帮助上演一出《猫和老鼠》啊。

我一惊。

男主人也在一旁解释道："我家这只猫啊，骨子里很孤单，却总是想着哄我俩开心，有一次见它跟树鼩在花园追得激烈，我俩笑到不行，它就以为我俩也喜欢抓树鼩，从那以后，一有这种事，就来示意我俩一起，为了让它玩得尽兴，我们全力配合。

"玩嘛，当然要尽兴。"

我听完，真是感慨了很久。

两人年纪轻轻，就把大把的时间放到了菜地里，放到了养猫逗鱼上，闲时搬俩小马扎倚在墙根端坐在一起，然后眯起眼睛恬然睡去。

论生活品质，论商战杀敌，这对夫妻朋友自然不算是什么好手。但他们早早知道了如何去用自己擅长的方式去活得最有滋味。

大城市职场竞争太激烈，干不过那我就不硬干。

诗和远方太熬人，熬不了那我干脆就地坐下来。

是枝裕和在《奇迹》里写道：这个世界，需要无用的东西。

什么都要有意义的话，你会感到窒息的。

总有那么几个通透的人，愿意用自己擅长的方式，去跟虚无相处，去跟无用交好，然后活成了生活本该有的样子。

• •

以前做了个读书沙龙，请了一个木讷的作家朋友做嘉宾。

一开始，他不肯来，只是说一句"不肯来"，就红了耳朵根，他拒绝的理由是：轼啊，可别为难我，我上不了台面。

我笑着劝，放心，不是啥大场面，就是二三个人坐一起聊聊天，聊好了，一桌的甜品都给你吃。

朋友一听，有些动摇，谁让他平日里好吃这些玩意儿。

应下邀约后，团队里的同事便问他要PPT。

"PPT？什么PPT？"朋友当时就震惊了，他虽然年纪尚轻，但早早就活得像个隐居的老人了。

超过四个人的饭局一律不要参加，离着自己家超过五公里路程远的地方再美也不要去看，他始终把自己"幽闭"在一间带院子的小房子里，时而晒太阳，时而看看书。

我赶紧拦着，跟同事说，他是例外，没有PPT也可以的。

同事吓一跳，就问我，那没有PPT，我们怎么做宣传海报啊，我又不知道他要讲什么。

我说，没所谓，你就把他的名字和出过的一两本书往海报上一印，感兴趣的就来，看不懂的可以不来。

同事啧了一声，无奈之下，只好照办。

那期沙龙的现场，果然效果一般。

不仅是宣传上的阻力太大，关键是这朋友讲起话来，声量也就比蚊子的声音再高那么一点点。

后排的人听不见，急得往前倾身，最后实在听不清，便讪讪离场。

还好前排的几个人能听得清，从开始坐到了最后。

朋友分享完，零星的几个人上来找他签了名后，读者很快就散了个干净。

本以为他会沮丧，结果他竟十分兴奋地跟我说："天啊，竟然有三个人坐到了最后，还是有三个人有耐心听完我的文学主张的，那我这些年的沉淀就没有白费啊。"

我笑得眼泪都出来了。

告诉他，其实像这种场合，我们有一千种办法，让更多的人听到你，喜欢你，认可你，但这种事情也分人，不能勉强。

朋友激动得连连道谢。

这世间的被喜欢与被讨厌，本就是围绕着个人的感受展开的。

有人觉得万千宠爱于一身，他才能真正快乐；有人觉得被太多人理解和喜欢，反倒是一种耻辱。

《被讨厌的勇气》一书中曾有这样的观点：

**太在意别人的视线和评价，才会不断寻求别人的认可。对认可的追求，才扼杀了自由。由于不想被任何人讨厌，才选择了不自由的生活方式。**

其实无论是高朋满座的欢喜，还是曲高和寡的孤傲，本身并没有高下之分，也不必要非要感觉谁又比谁更出一头。

重要的是，你是否在需要的氛围里感受到彻底的自由。

∵∴

梭罗在《瓦尔登湖》里写道：日出未必意味着光明，太阳也无非是一颗晨星而已，只有在我们醒着时，才是真正的破晓。

确实如此。

旁人的光，未必就是你心里的光。

旁人的成败，未必就是你心里的成败。

旁人的幸福得失，未必就是你心里的幸福得失。

旁人的死地与绝境，未必就是你无法度过的死地与绝境。

只有你醒着，你了解，你不被诱惑与流言裹挟着，你才能拥有自己的快乐与自由。

别人擅长绝地逢生，你擅长绕开绝地。

别钻牛角尖，别总撞同一堵南墙，别总盯着那一棵吊死过无数人的老树发呆。

这世间天宽地阔，这世间诚不我欺，你总要越过无关的深渊，飞往自己的高山。

# 六
# 一念心淡然，一念心清净

●

人类的焦躁，往往来源于接二连三的幻想。

总觉得事没办好，不是实力不行，而是刚才不小心没拿捏好火候。

总觉得钱没赚到，不是水平达不到，而是放不下身段。

真躬身入局下凡到先前瞧不上的行业里了，才知道钱都是靠动脑子赚到手的。

之前遇到过很多人，见身边有人做抖音发迹了，刷了几个爆款就觉得很容易，一腔热情地更新了俩月就弃了。

迷茫，错乱，愤怒，焦躁。

当初你秉着少年意气，拔剑出鞘，发誓要给这个世界一点颜色看看。

可刚跨出门槛，就踩了狗屎。

都说踩了狗屎，要走狗屎运，可你怎么也高兴不起来。

工作辞了几回，创业败了几回，来回经上这么几回，你就开始持续烦躁，找不到失手的点，抓不到上岸的弦，就只能以双手为桨，奋力拍打着，溅起的水沫子又腥又咸，崩到眼睛里

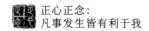
变成了火辣辣的红血丝……

开始你想的是"踏平人间"，现在你只是想活着。

被生活磋磨过，虽然没服，可也只能这么苟且活着。

人生而向上的傲慢可以燃起莹莹之火，也可以击溃屡战屡败的少年意气。没有一件事像看上去那么轻易。也没有什么钱赚得比较容易。

**要想成事，都要经历一段沉默的时光。**

**要想持续成事，都要锻造一套通透的成事节奏。**

**一念心淡然，一念心清净。**

**大多数人在半路上放弃，不过是因为迟迟看不到结果，就先行自我焦躁、自我质疑，然后自我放弃。**

● ●

公号更新频率低时，隔三岔五就会蹦出来几个粉丝隔空敲打：轨姐，该更新了哈。

我立刻把梅朵朵哄睡，抱起电脑，打开 Word，梳理素材，选题确认，两块苏打饼干吃下去，写作的热情刚调动到嗓子眼，梅朵朵醒了。

焦躁就一下上头了。

这种在长期的琐碎夹缝中寻求自我价值的日子不是第一天过。

这种焦躁瞬间上头的感受也不是第一次来，可还是有一种万念俱灰的挫败感。

我能怎么办？

只能是第一时间关掉电脑，从文字的天堂乖乖堕入吱哇乱叫的人间。

下一次动笔，又是一次夹缝求生的挑战。

很多人在做不完手头的工作，却又不得不先去忙那些无关紧要的事的时候，情绪会暴躁到极致。

这个时候，你会惊讶地发现，做什么什么不顺，写稿写不顺，喝酒喝不顺，睡觉睡不顺。

焦躁很恐怖，它能在涌上来的那一瞬间，压倒一切。

你不解决它，那就啥也别想干好。

∵∴

如何解决？

1. 先让自己跳离愤怒的伪装。

威胁常常带来恐惧，而我们表现出来的反应一般是愤怒。

大家都要面子，同龄人月入比你年入都多，你第一个反应应该是感受到威胁，继而恐惧在无形中被压到心底。教养与学识不允许你轻而易举地示弱，所以表现得愤怒，是我们最后的体面。

但我们自己要清楚，本质上的情绪还是恐惧。

先从愤怒的外皮剥离出自己本质的感受，再处理"怕与不怕"

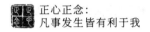
的问题。

2. 接纳不可控，体验当下的乐趣。

全职写作六年以来，害怕的状态就是一天之中突然有很多人找我。

无论是编辑找我谈封面修改，还是朋友找我喝酒聊天。

遇到这种需要统筹时间的场合，我都会恐慌。

我把这些一下子一起发生的事情，都认定为不可控事件。

通常对于处理在同一时间段内爆发的事件，我一般先统统拒绝，然后去花园里不停地浇花，有时候还会拿起除草机对草坪展开疯狂作业。

当青草体内新鲜流出的汁液散发出迷人的清香时，我的大脑突然就得到了高浓度的养分供给，很多因为焦躁情绪想不清楚的人和事，就能轻易地取舍下来。

体验当下的乐趣，能更好地帮助我们掌控节奏。

3. 将困在牢笼里的真实自我放出来。

尼采在《疯狂的意义》中提道：

他人的目光和评价，现实的道德枷锁，伦常绑架，都会让我们将真实的自我困束在牢笼里，我们在苦痛中作乐欺瞒自己，在懒惰中随波逐流，寻找消亡的归属。只有当你敢于面对真实的那一刻，才开启了人生中所有的创造性，才能释放出那被遮掩的光芒。

忘了在哪儿看到过这样一句话，用在此处挺合适：也许你的种子永远不会开花，因为他是一棵参天大树。

我们的真相是树。

可我们花了很长的一生，在努力让自己扮演一朵即将绽开的花。

这是种子的沮丧，也是树的遗憾。

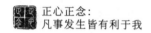
# 七
# 自己喜欢的，胜过世俗眼中的最佳选项

●

一个单身了很久的医生朋友老韩突然闪婚了，婚后一个月，我们约了他出来露营。

他背着一套钓鱼竿，心平气和地坐在简易马扎上，默默等待着八卦的气味一步步向他逼近。

"韩医生，新婚感觉怎么样？肠子悔青了没？"

老韩大笑，原来不光是他父母，也包括我们这帮一起玩了很多年的"铁磁儿"，都觉得结婚这一步他属实走得有些叛逆了。

老韩不老，而且特帅，据说进那家三甲医院入职的头一天，就被册封了全院"理想男神"的荣誉称号，更难得的是，老韩的业务能力也很强，于是圈内圈外的漂亮女孩一个个争先恐后地扑向他。

老韩不为所动，每天跟个离退休老干部似的，没排手术的时候，就背个钓鱼竿四处钓鱼，跟各种墨青的湖面对峙。

追他的人里追得最凶的是研讨会上认识的一个超漂亮的同行。

那女医生也是飒，做完报告从台上走下来，径直到老韩身边要名片来了，当天夜里就表白了，说大家都很忙，感觉合适的话不妨相处一下，顺利的话，还可以用最快的方式结个婚。

天啊，这是热播剧里最受欢迎的那种大女主啊。

漂亮！业务能力过硬！敢追爱！又直接！谁会不爱？

老韩不爱。

我们几乎一致认为老韩的眼睛应该送去眼科好好治一治了，结果老韩做了件更叛逆的事，他直接跟一个相亲了一次的女孩闪婚了。

朋友从婚礼回来后，眼白都翻到头顶上去了。

我问是什么情况，朋友措辞了很久，最后说了四个字，一言难尽。

后来从老韩的朋友圈里，看到过这个"一言难尽"的姑娘。

怎么说呢，人家姑娘其实并不难看，甚至看上去有着不带任何攻击的天然亲和力，只是当年女医生的种种外观资质太亮眼了，导致我们会不自觉地在暗地里那两个人做对比，怎么看都觉得这个姑娘普通了些。

一个朋友戳了戳正在钓鱼的老韩的脊梁，问他，后悔不？

老韩大笑后摇头。

朋友不信："就真没对女医生动过心？"

老韩点头。

半晌说了句："我不想了解她的全部啊。"

全场的人一听，都惊了。

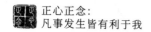
这叫什么爱情观啊？

人们都说，好的爱情，都是要毫不保留地把彼此全情交付。

不，那是你我认为的好爱情。

在老韩看来，好的爱情，是探索，是未知，是领域上的不同，是习惯上的磨合，是时间上的错峰，是爱好上的不同，是职业上的尊重，更是妙不可言的一生。

老韩按照自己的爱情标准，找到了一眼定终身的人。

别人觉得老韩是疯了，是瞎了，是耐不住性子大意了。

**可老韩自己知道，好的爱情，就是不要让别人的话决定你的爱情。**

**人生路上，自己喜欢的，胜过世俗眼中的最佳选项。**

●●

一个朋友，卖掉自己的房子，买了辆房车，按照自己的心意改装完毕后，出去疯玩了小半年。

一路上拍了很多摄影作品，发到各个平台上去后，接连收到很多粉丝的私信。

说很是羡慕这种酷酷的生活方式，说也想像她一样，辞掉鸡肋的工作，买辆房车，来一场说走就走的旅行，问她有什么建议。

朋友说，看到二十出头刚工作一两个月，家境也并不理想的小姑娘，一腔热情地膜拜她，她很是害怕。

"我不反对说走就走，也不反对鼓吹按照自己的心意过一生，但总有些孩子，在没弄清自己的心意到底是什么之前，就盲目做了决定，我怕耽误了她们，所以，每当看到这样的问询，总是要第一时间提醒她们一定要准备好了再决定。"

其实我倒是很理解朋友复杂的心情。

就像很多读者会发私信问我：对去大城市闯荡怎么看，对舍弃熟悉的城市孑然一身到大理怎么看？

**我常常说，无论你选择了哪条路，走得轻快的路永远是能够自得其乐的路。**

放弃高薪工作，到村子里租一块地，你是否能从每一锄头的持续挥舞中获得原始耕种的快乐？

来到一线城市，阔别熟悉的小镇生活，你是否能从冰冷的写字楼中体味到即便没有朋友也能厮杀奋斗的快活？

你若愤然辞职，搭进所有家当换了一辆二手房车，在局促的八平方米中吃喝拉撒睡，你是否能做到周游世界的时候不焦虑年纪轻轻却没了分文的收入？

若想笑得放肆，既要忠于现实，也要忠于自己。

**向往的生活不是一场偶然的文艺表演，表演会结束，但生活还要继续。**

**谁建议都不如自己想要，你想要都要靠你值得。**

∵∵

年少时候爱一个人，总是找不到惬意的方式。

不顾一切扑上去，却感觉攀一座山很累。

坐在桌前等人来，又觉得故意拿捏别人没滋没味。

爱一个人，选一座城，总是很快失去了最初的乐趣。

有时候会怀疑自己，本就不是什么长情的女人，明明最初觉得人家还不错，可相处了一段时间，身上的每一个细胞，都和他开始想方设法地拒绝、逃避，说不，说后悔，说要不找个借口了断逃走吧。

侥幸逃开了，日子一久，又开始怀疑自己错过了这一生最对的人、最曼妙的风景。

所以要在这样无厘头的反复纠缠中，煎熬很多次，然后在错乱的生活秩序里，一次次变得迷茫又蛮横。

后来，随着年龄渐长，随着生活的框架被每一个细节填充，随着爱的人成了某个具体的个体，我才了解了生活的本质，爱一个人的本质。

**有滋味的爱情，需要彼此探索，互相磋磨，各自自由，有期待，有涟漪，有始终如一的信任。**

**有滋味的生活，需要真心喜欢，不为表演，不为攀比，不为掌声，即便跟全世界真的失去了联系，你依然爱自己且有所热爱，你依然能从当下的一草一木里感到具体的满足与快乐。**

如此，才是忠于自己。

如此，才是真正以自己喜欢的方式过一生。

第五章

# 无畏：若你决定灿烂，山无遮，海无拦

有爱煲汤，无爱流浪，不要总站在原地
等暴雨过境，要学会在雨中跳舞也要尽兴。

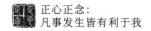
# 快乐源于内心，而非万物

有段时间，我跟一个很要好的姑娘都失眠得厉害。

于是她给我出主意，说如果晚上实在睡不着，就视频连线哄彼此睡着。

讲故事也罢，哼歌也成，总之在整个世界都陷入沉寂的时候，在满天繁星嵌入无边黑暗的时候，我们要给对方打气，告诉对方无论多晚才能睡，我们都不是一个人。

我觉得主意不错，但很快就发现，我们两个对"哄睡"二字，大约是有一些误解。

凌晨一点多，她发消息试探我，问，轨，睡着了没？

如果我恰好醒着，并当即回了她消息，她就会立即开开心心打电话过来，跟我讲自己爱情和生活上的不如意，一开始我会很认真地开导她，后来发现，她其实不缺开导，也不需要谁来安慰，她只是需要在凌晨找到一个切口，然后一股脑地把白日里受的委屈和爱而不得全部倾倒进去，狠狠搅动一下，然后再用一句"真没意思"来宣告这场倾倒仪式的结束。

如果我状态不错昏睡了过去，她倒也不吵我起来，而是会在第二天一清早，撒泼一样斥责我背叛了她，背叛了失眠。

这种滑稽的失眠状态持续了差不多一个月的时间，我就上岸了。

她诧异极了，感觉我被上天青睐到了。

"失眠这样顽劣的事情，你怎么能用短短一个月的时间就治好了呢？"她愤愤不平。

我笑着回应："反正我也治不好你的，你也治不好我的，我索性不再指望谁能来拉我上岸，睡不着我就看书写作，累到脑子转不动，累到眼皮抹不开，就轻易睡着了。"

她听完，怔了好大一会儿，讪讪道："怎么办，我一不爱看书，二不会写作，那我以后是不是再也没办法睡觉了，以后没人陪着我失眠了，好没意思。"

我说，你失眠能不能好，跟爱不爱看书，会不会写作都没关系。

她不服，抗议道："那你说什么原因让我总睡不好觉？"

我说："你能睡好觉才怪，你现在啊，觉得干什么都没意思，这一天下来，可不是总不甘心就这么浑浑噩噩过完了吗？"

她愣了一下，问我："那我以前不这样吗？"

我点头。

她以前，不但不这样，而且是一个顶顶好玩的姑娘。

●●

几年前的一个午后，淡紫色的黄昏蒙上了一层薄薄的雾气，窗外有只灰毛鹦鹉歪着脑袋站在树杈上发呆，她穿着火辣辣的黑色超短裙，气哄哄地跑到我座位上来。

"气死我了，看来不减肥不行了，刚刚遇到一个别的部门的男同事，说我如果能瘦一下腿，就更完美了。"

我笑："所以呢？你要撕烂他的嘴？"

"所以我要拉着你跟我一起减肥。"

经历了一番匪夷所思的拉扯，她还是成功将我拉入了减肥的旋涡。

毕竟她的理由十分伟大，她说希望她最亲的闺蜜陪她一起变美，她不忍心留我一个人丑在原地。

既然相互应下了这场决战，我们就毫不手软地建立了监督机制。

原则就是互相监督彼此，过午不食。

一开始那两天，真是难熬，因为以往抽屉里总是被我塞满很多小零嘴，一律都是她撺掇我买的，每当我们路过一家零食店，她就会拽拽我的袖口，神秘兮兮地在我耳朵边，小声下着严肃的通牒——听我的准没错，那几样东西，不买来吃简直会后悔一辈子。

只是当她发誓一定要瘦成一道闪电后，又非常决绝地把我们的零食集合到一个皱巴巴的塑料袋里，然后不遗余力地分给了每一位无辜的同事，以绝我偷吃零食的念想。

她这一招果真是有用的。

一开始我急得跑去拉她一同"毁灭"。

"不然不减了吧？那男同事也就随口一说，再说你又不喜欢他，又何必因为他一句玩笑话，毁了我们两个人的快活日子。"

她一听，才第一天我就打退堂鼓，当即摆出很大的发火阵仗，软硬兼施地对我进行了批评教育，说那男同事的话她压根就没当回事，她想的是，总要找个契机，痛下决心减一次彻底的肥，这样才能有机会当全身无死角的辣妹。

"你想想，我们在二十几岁最好的年龄，却没有拥有完美身材，多遗憾啊？你遗憾不？"

遗憾？

我吓了一大跳。

这件事还能上升到遗憾的高度？毕竟我们当时也不是胖得无可救药，只要穿对了适合自己身材的衣服，甚至一眼根本看不出任何赘肉来，正因为这样，我一直觉得自己的身形确实不够辣，但好歹也能说得过去，所以也从未想过要去怎样改变。

没等我回答"无所谓"，她一拍桌子，眼珠子都红了："一定是遗憾的，我们一起努力看看啊。"

我见她说得如此动容，咬了咬牙，回去对着 PPT 一阵猛烈的"发泄"，转移了自己想偷吃零食的念头。

这样坚持了一周后，我还是会在下午四五点的时候，偶然萌发出想吃点东西的念头，但一想到她的决心之大，我便告诉自己，她这样馋的小馋猫，都能扛住，我也没脸说一句"算了吧"。

坚持到十天左右的时候，我果真瘦了一大圈，当时感觉这件事完全可以适可而止了，便在当天下午的四点多，去她办公室找她，想跟她商量一下结束战斗的问题。

可是一推门，我就惊了。

在一桶热气腾腾的泡面后边，她的眼镜被蒙上了一层厚厚的雾气，她像一只被遗弃了的狼崽子，不管不顾地往嘴巴里扒拉着泡面，眼见着办公室的门被推开了，也没有急着擦一擦眼镜看一看来人的模样，而是不慌不忙地拍拍手上的调料渣渣，摘下眼镜里往我身上一扎，整个人滞住了。

她看着我，我看着她，我们谁也不敢率先露出任何释放某种信号的表情，只是各自惊讶，在不到一平方米的空间中面面相觑了一会儿。

正当我觉得实在尴尬，预谋逃跑的时候，她突然发出了撼天动地的大笑。

"竟然还是被你抓包了，哈哈哈哈哈……"

我愣了一下，问："你这是……"

她没所谓地擦擦嘴："我头一天把你教育完，就破防了，从头一天起，我每天下午四点，都会来上一碗泡面……"

我惊了，质问她："你扛不住了咋不说？我们一起吃泡面多好，省得你吃个泡面跟做贼似的。"

她嘿嘿一笑："这你就不懂了，我废了就废了，至少得忍辱负重地保你一个。如果注定两个人无法同时拥有完美体重，我选择让你有。"

说完又是一阵爽朗的大笑。

她就是这样一个好玩的人，自己立的宏伟目标，当天夜里就要连根拔掉放入我家后院，然后一边享受着荣华富贵，一边用艰苦卓绝的感人理念督促我成才。

**一个人本身有趣，便随时可以拥有快乐。**

**一个人觉得什么都没意思，那无论做了什么样的努力，都会有一种高攀快乐的厌世感。**

**快乐源于内心，而非万物。**

∵∴

太宰治在《小说灯笼》里写道：

日子只能一天一天好好地过，别无他法。别烦恼明天的事，明天的烦恼让明天去烦吧。

伏尔泰说，生活是条沉船，但我们不要忘了在救生艇上高歌。

伍迪·艾伦说，欣赏和喜欢你拥有的东西，而不是你没有的东西，你才能快乐。

其实每个人都有自己的快乐章法。

生活大部分时候就是对我们不够友好。

身上的肉肉，瘦的时候一两一两地瘦，胖的时候一斤一斤地胖，气人不？

同样是检票口排队，你再三谨慎选择的队伍，但好像总是会因为某个原因，成为所有队伍里最慢的那一支，气人不？

你订的机票，经常上刚花掉了退票手续费，下午就传来了航班被取消的噩耗。

**生活没有正正好，快乐也不会主动投怀送抱。**

多数人保持快乐的秘诀只有一个，就是他们愿意去选择快乐。

就像伍迪·艾伦说的，我们要去欣赏和喜欢我们拥有的东西，我们便选择了快乐。

**我们为迟迟没有的东西费尽心思，便会在高攀快乐的路上失去了快乐。**

**有些东西，唾手可得，快乐就翻倍。**

有些东西，舍了命也不可得，你却一直抱有执念，那你又能耐人生何？

∵

有一年见到一个读者，她年纪比我长一些，专程坐着高铁来找我。

夜里氤氲灯光下，香炉的烟一直萦绕在我们周围，聊着聊着就哭红了眼。

她这一辈子，似乎把倒霉的事都遇了一遍。

她认得所有残忍，明白所有不值得，可艰难的是，她还是放不了手。

我虽然平日里常常独处，常常思考，常常会沉下心来写一点东西，可面对面时，我总是不敢轻易去安慰谁，我常常觉得安慰无力，徒然倾听又十分残忍。

所以，我总是不十分赞成，读者因为读了我几本书，就要千里迢迢来找我，要从我身上挖出一坛子解忧的酒，了了自己半辈子的困扰与苦涩。

没用的。

别人想说的，别人相劝的，该听的不该听的，你心里都清楚了，你只不过自己放不开手罢了。

那个读者走了以后，给我寄来了五斤寻甸洋芋，据说这几乎是全世界最好吃的洋芋了。

我下锅炖过一次排骨，发现的确好吃。

于是特意留了两颗，放在背篓里足够久，等它们发了一身鲜嫩的芽头，便欢天喜地地把它们切成几块，种进地里去。

看它们破土而出，开出一蓬蓬琐碎的小花，结出一颗颗绿油油的小果子，然后一次次偷偷拨开土壤，妄图知道它们在地下过得是否顺当。

每当想起那个读者的苦涩，我便特想带她看看被我种在地里的寻甸洋芋。

**快乐种在地里，也能长出快乐。**

**如果你真的了解快乐。**

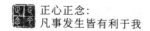
# 二

# 以为错过是遗憾，其实是侥幸躲过一劫

今年二月初，王大丫向我传递了一则喜讯。

说自己近日谈了一个大帅哥，帅哥啥都好，鼻子好，眼睛好，身材好，连手指都特别好看，细细长长。

但唯一不好的，就是有点渣，整天以"借钱"为名，问她要钱花。

我听闻此处惊悚不已，你王大丫怕不是整反了吧，这明显就是除了帅，啥都不好。

王大丫大手一挥，立即反驳了我浅薄的见识："你想啊，人家长这么帅又这么爱吃软饭，而我如此平凡又如此好色，大家相互有所图，这样的结合谁敢说不是天作之合？"

王大丫见我还是忧心，便拍拍我的肩膀说，你放心吧，我找人算过了，我命里有他，躲不过就躺下来享受好了，谁也不吃亏。

王大丫没撒谎，她确实找人算过了，是找王瞎子算的。

王大丫去天桥底下王瞎子那儿卜了一卦，王瞎子说她今天只要一路往东南方向走，一定能遇到绝世烂桃花。

王大丫擦擦嘴角的哈喇子，激动不已地握住王瞎子的手："叔，此话当真？"

王瞎子用劝二傻子的语气劝了劝王大丫："叔在天桥这一带一混就是十好几年，收着点说，也算得上是天桥扛把子了，出来混，自然要讲信用的。但姑娘你可听明白了，是烂桃花，要防！"

王大丫大手一挥："不重要。老娘已经十年未尝到男人的滋味了，烂桃花不也是桃花？"

王大丫沿着王瞎子给的线路，一路杀进了菜市场，再往前走，就是一条臭水沟子了，岸边飞着些许的绿头苍蝇，阳光透过它们的翅膀，剔透得竟有些好看。

嗯，看来是不能继续走了，于是王大丫在王大爷的南瓜摊子前停了下来，搬了块石头，伸长了腿，坐等那个被她绊倒的"桃花"。

可是等到了日落西山也没等来——那些嫌她伸长了腿像个蜘蛛精一样挡道的人，都白了她一眼，还骂骂咧咧地绕着她走了。

最后还是南瓜摊摊主王大爷热情慰问了她："闺女，不买南瓜别挡我。"

"我挡你啥了？"王大丫的火噌的一下也起来了。

"你挡我跟我对象的无线信号了。"大爷一本正经地晃动着手机，屏幕隐约闪现着一个粉粉嫩嫩的聊天界面。

王大丫受到了惊吓，王瞎子诚不欺我，安排了贵人搁这儿等着我呐，于是迅速扶额："大爷，您网恋啊？"

大爷藐视了她，在王大丫的谦逊追问下，大爷不辞劳苦向

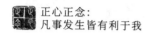

她传授了网恋技巧。

一向藐视婚恋软件的王大丫，疑神疑鬼地试了一下，然后就跟那个大帅哥谈起了恋爱。

在朋友圈公开秀完恩爱的第二天，就跟别的姑娘撞了同款男朋友。

三月初，王大丫失恋了。

她像风姑娘一样，把自己来也匆匆去也匆匆的故事传遍了她所到之处。

**可故事都跟朋友讲烂了，她还是有点意难平。**

●●

夜深了，王大丫睡不着。

又给我打电话，咒骂爱情。

我说麻烦你别侮辱了爱情。

王大丫默默打开了网易云音乐，听了听《放不过自己》。

热评里有人喃喃道："可是明明是他犯错，为什么是我难过？"

王大丫拍案而起，对啊，说得太对了。

第二天，王大丫就物色新的网恋对象去了，她想好了，她要渣回去，她不要总当被渣的那一个。

那天有好多"猎物"加王大丫啊。

王大丫傲慢地挑着细长的手指，从茫茫鱼饵中找到了最"老实"的一只，点开，通过。

老实人受宠若惊，隔着屏幕，王大丫就感觉他跪倒在她的棉拖鞋上了。

老实人对王大丫嘘寒问暖，还主动提出要给王大丫点外卖，王大丫嗓子眼一紧，说，外卖就不必了，我的地址很高贵，一个外卖换不起，您折现吧。

老实人傻眼了，折现？折多少合适啊？

点外卖花个百八的，能点一桌，还能让对方吃到爱情的味道，可一百块钱红包发过去，怕是连个水花都激不起。

老实人陷入了纠结，王大丫望着天花板，野心勃勃地期待着自己渣女逆袭这一刻的到来，于是又打开网易云音乐。

它怕不是监视了我王大丫的生活？为什么歌单推荐我一首《内疚》？

我王大丫有什么好内疚的？瞎说八道了不是？

插上耳机，一条热评又被贱兮兮的手指划到，大致的意思是：你欠旁人的，会有另一个人要回去。旁人欠你的，也会有另一个人还给你。人生的无情与多情，总体守恒。

吓得王大丫一个激灵扔掉了手机，这时传过来一声消息提示音。

王大丫颤抖着手指划开，666元？

啥意思？老实人不发"520"，发"666"，连发红包都抓不住聊天的机会？

唉，我王大丫欺负这种实心眼的人干啥啊。

算了，王大丫点了退还，随即删除了联系人。

夜又深了，王大丫望着万家灯火处，一阵泪眼婆娑。

我王大丫空有一身纯洁的皮囊，却总是成事不足败事有余，唉。

**这人间，该失望的事，真是一件也没辜负过我。**

原来做渣女也是需要天分的。

∴

王大丫蒙头睡了一天一夜，早上起床扒拉开眼屎一摸手机，咦？有人给我发了一个链接？

王大丫晕晕乎乎点进去，发现那个当初跟她撞同款男友的热心网友给她发了一条特劲爆的论坛帖子。

大帅哥竟然是个家暴男！

聊了一堆小姑娘后，遇到了一个头脑清醒的硬茬子，他受到了应有的惩罚。

王大丫脖子一凉。

**原来，这世间好多事，以为错过了是遗憾，其实是自己侥幸躲过一劫啊。**

王大丫点上一支烟，好色的本性让她忍不住又瞄了一眼帖子，一个烟圈绕着后脑勺转了一圈。

嘴里嘟囔一句，唉，可惜了，这货剃了平头还能这么帅。

# 二
# 跟你分享日常点滴，是我最高声的爱意

●

一场老友聚会，老马是全场唯一一个骑着自行车来的。

不是共享单车，不是酷酷的公路车，就是那种我们上中学时候晃晃荡荡地骑着去上学的自行车。

老旧，却紧凑；过时，却被刷上了花里胡哨的新漆。

有人在酒桌上开老马的玩笑。

"老马，作为码农里的印钞机，你这些年在大厂没少挣吧，连辆车都不舍得买？"

老马嘿嘿一笑："买了买了，早就买了，给我媳妇买的，出门都是她开，我不会。"

那人更乐了。

"你能把那么复杂的代码都摆弄明白了，还摆弄不了一台自动挡车子？"

老马喝掉眼前的那杯茶水，不紧不慢道："我不想学驾照，而且也没必要，我想的是，以后出门，都跟我媳妇一块儿的。"

"那怎么可能一直一块儿？你看，今儿还不是你一个人来的。"

"我媳妇最喜欢的一部剧正好在饭点有更新，她太想看了，懒得出门，我就一个人来了。"

人群里啧啧声一片，都说老马最大的优点，就是这么多年了，依然把最初的爱情维护得有滋有味。

吃到后半场，桌上端上来一份当地的粑粑（一种面食小吃），焦脆鲜黄的饼子边边盖在一个竹编小蓝上，在铜锅鸡汤旁散发着北方人都懂的浓郁香气。

老马当仁不让第一个动手扯了一块，塞到嘴里一阵咀嚼，很快眉头一展，举起手机就对着粑粑拍了一张照片。

"老马，改胃口了？不爱吃大米饭，改爱吃面食了？果然娶了北方媳妇，口味也跟着改了呀？"又有人逗老马。

老马没理，对着手机发了一段语音。

"我尝过了，这个特好吃，我看它第一眼就觉得，你肯定喜欢吃。下次我专程带你来尝尝哈。"

老马这一番日常操作下来让全场的女孩子都羡慕极了。

老马这段婚姻，前后走过了整整九个年头。

婚礼上，老马就激动得像个说话不太利索的小孩，拉着新媳妇的手，抹着眼泪说，要一辈子对媳妇好。

如今九年的风雨走过，被琐碎磋磨过，被日常蹂躏过，被柴米油盐收拾过，老马还是那个老马，啰啰唆唆，不怕麻烦地始终对她媳妇好着。

**这世间哪有什么永远没够的新鲜感。**

**所有的久处不厌，不过是因为足够用心。**

• •

年少时，若心仪一个人，便忍不住找各种借口去邀请他来参与我的人生。

坐船看到一段波光，如金鱼一闪而过，要拍下来发给他。

走过看到两只狗打架，像俩为女人拼死角逐的小伙，要拍下来发给他。

黄昏看到石头缝里歪出来一柄三叶草，像极了爱一个人的艰难，要拍下来发给他。

念着他的时候，光有形状，狗有欲念，草有负担。

**每一样东西，过了你的眼，便跟心上人产生了关联。**

你分享日常给他，想要他读懂你假装心平气和的胡思乱想。

若他给了你想要的回应，你的分享就是最高声的爱意。

若他敷衍着"嗯"了一句，或者隔天才回了你一句"抱歉，才看见"，那你内心的兵荒马乱就是一令他烦透的困扰。

**无论是友情、爱情还是亲情，之所以能够安然分享，良性互动，不过是因为松弛的信任与双向奔赴的爱意。**

而失去分享欲，常常会成为你我散场的开始。

• •
•

朋友约了下午茶，在一家可颂店外。

茶点和咖啡端上来之后，我立马摆摆正，修好图，然后发给她。

以往她会欢天喜地假装要上来狂亲我，然后恶狠狠地夸我一句："还是我轨最懂我。"然后拿起手机来一阵捣鼓。

可如今再逢上这一出，她第一反应竟是愣住，反问我："干吗呀？"

我也愣住了。

"你不是嫌自己拍照没我拍得好看？你不是每次都要催着我拍好修好图，好让你发给你的情哥哥？"

她噗嗤一笑。

"不用了。"

我后背一凉，问："散伙了？"

她摇摇头："还没有，就是觉得没意思，每次发过去，就回个'哦'，不想发了……"

话没说利索，尾音里就含上了欲言又止的委屈。

这种情况，懂的都懂。

是没分手，但这段关系的气数也没剩多少了。

很多人会把亲密关系里的分享，当成是热恋期才有的积极与用力。

得到了，相熟了，了解了，就认为这些琐碎多余，又烦人。

大家都想在用力相爱后，把彼此的关系固定成极简的样子。

**可你从未想过，任何一段关系里，人都是讲求自尊的。**

第一次让她扑了空，她会想尽办法给你找借口。

第二次让她扑了空，她的手指在发出键那儿会停留更久。

当她了解扑空是人生常态后，便会十分确定地在心里宣布，你根本不是那个值得她分享生活的人。

女孩子丧失分享欲的那一刻，就是她暗暗宣布一段关系结束的开始。

∷

有个小姐姐跟我抱怨她女儿最近变得有点闷。

我问她怎么个闷法。

她气呼呼地说："才四岁大的小屁孩，从幼儿园回来，什么都不肯跟我说。问她，她还直接撑我：'我都说了挺好了啊。'这么小就这么叛逆，长大了可怎么得了。"

听她这么描述，我十分诧异。

因为上个周她临时要去开一个紧急会议，曾把女儿"寄存"在我家一天。

小女孩并没有像她说的那样叛逆，而且每一次都很兴奋地主动参与编故事的环节，午睡时候跟我吐槽幼儿园老师的要求，说即便睡不着也必须闭上眼睛，还会点几个睡醒后大哭一场的同学名字。

小姐姐听完都惊了，一遍遍自言自语："那她为啥不跟我说啊？"

后来我悄悄去问她女儿，为什么不喜欢跟妈妈聊天？

小家伙很淡定地说："跟妈妈聊天很无聊，因为我还没讲完，妈妈要不就睡着了，要不就玩手机听不见我说话。"

你看，连一个四岁的小朋友，都知道分享关系里要讲求自尊，何况大人？

你的每一次敷衍，每一次淡漠，每一次不走心，都在消耗对方的热情。

你说小孩说的那点小事没意思，你说女人说的那点生活琐碎没意思，你说老夫老妻搞得神经兮兮的没意思。

可人间日常，不过就是大家都尽心把普普通通的生活过得浪漫一点罢了。

那些最终决定离去的人，都在风里站了太久。

所以，遇到喜欢的云彩就拍下来啊，收到在意的人发来的消息就用心回应啊。

**分享确实不能当饭吃，但会滋养无趣的人间呀。**

# 四
# 想跑赢人生，先调对状态

●

邻居家一个妹子，托举着一块刚出炉的蛋糕，冲到我家来送温暖。

表示完感谢，换完蛋糕盘之后，我才发现了事情的尴尬之处。

她站在我家客厅里，好像完全没有要离开的打算。

"要不坐会儿？"

终于等到了她想要的指令，妹子连连点头，把裙摆拉拉平，小心翼翼地在我家沙发上坐下来。

"小轨姐，我看过你的书，感觉你应该能帮上我。"

好家伙，果然是有备而来，怪不得你来我往的节奏搞得这么诡异。

一杯柠檬红茶递到她手心里，她说完谢谢就开始哭。

很快就哭到抽搐。

我赶忙拍拍她。

"说说嘛。"

她慌慌张张地抽了张纸巾，胡乱抹了抹眼泪，说："姐，现在的人为什么这么不友好啊？"

"什么？"我愣了一下。

"你没看业主群吗？"她也惊了，好像没注意看业主群消息是件不可思议的事似的。

为了同步一下已知信息，我赶紧去手机端"爬楼"，爬了两页，我更糊涂了。

"有什么不对啊？"见她一脸期待，我干脆直接问了。

"你看他们这些人，我顺手拍了一簇花的照片，本来是好心跟他们分享日常美好，他们倒好，跟我掰扯起来这花的名字到底是不是石竹，真是一群杠精。"

"所以，你今天不开心，就是因为这个？"

她"嗯"了一声，闷闷地望向我。

听这妹子的妈妈说，这丫头去年考研失败后，心情一直很低落，今年索性以二次备考为使命，全心全意把自己闷在家里复习。

后来她妈妈在小区里散步的时候，跟我聊了一会儿。

核心思想就是，她感觉她姑娘今年够呛，去年差 2 分，今年怎么也得差 20 分。

起初我还觉得是她妈妈过于悲观或者谦虚了，这次近距离打过一次交道后，突然也觉得她今年的前景不太乐观。

倒不是对她复习状况有了一个系统的研判，才会有了这样不太积极的感觉。

只是她当下的状态，太过令人忧心了。

我始终觉得，人生漫漫，只要你愿意，可以跟人拼个高下的赛道实在是太多了。

但有一样，始终是王道，那便是，若想跑赢人生，就必须先得调对状态。

状态不对，做什么都不会太顺当。

●●

其实这些年，见过很多像妹子这样的姑娘，甚至我自己有段时间也莫名陷入一种状态的泥淖里去。

目标，是有的。

但每一步通向目标的步伐，都绵软无力，不辨东西。

别人一句漫不经心的话，你听了心头一紧，便跌入低谷。别人稍稍一个不太愉快的蹙眉，你嗓子一干，沉寂半天。

别人一次稍微不周全的疏忽，你眉眼一沉，万念俱灰。

**很多状态差的人，都会过度在意身边的人和事。相干的不相干的，通通都往自己身上联系。**

是不是我说错话了？

是不是我上次没率先跟她打招呼惹她不高兴了？

是不是我的犹豫被她看出来了？

明明这个世界上满是自顾不暇的人，你却偏偏想要顾及自己之外的每个人。

你不状态差才怪呢。

从《被讨厌的勇气》一书中读到过阿德勒曾提到的一个概

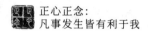
念——课题分离。

我理解的"课题分离"的核心观点就是,平日里我们之所以被人际关系搞得很烦,主要原因是没有区分课题,没有搞清楚哪些是他人的课题,哪些是自己的课题。搞不清这条分界线,你就搞不清楚痛苦的起因,是因自己而起,还是因他人而起。

用书里的原话解释,就是"基本上,一切人际关系矛盾都起因于对别人的课题妄加干涉或者自己的课题被别人妄加干涉"。

其实这个概念很好地解释清楚了一件事。

**那就是,很多人状态差,不过是因为从头到尾都没搞清楚过分内之事。**

前不久几个朋友约着去一个小岛度假。

一见面,难免讨论的都是,呵,你最近状态看上去挺不错啊。

其中几个面如死灰的职场女魔头干脆起哄说,下辈子也要当作家,你看人家小轨的脸色,滋养得多好,一下午也就是她坐在那里稳得跟个岛主似的,哪像咱们一个个的,被社会磋磨成这番模样,出来度假都度不出闲适的味道来。

大笑之后,大家纷纷问我要调整生活状态的秘诀。

我支着脑袋想了很久,感觉一旦把我想的秘诀说出来,就要挨一顿她们几个的毒打。

状态本就是很个人的事情，掰扯不出一个像样的普适方式来。

**如果非要说一个出来，我觉得调整个人状态最好的方法，还是得有自己的时间专注做好一件事。不要总是身在此处顾念其他。**

工作便工作，放松便放松，每一样都该享受到纯粹的快乐。

看日暮时分渔船开入海中央，听鸥声凄厉怅然，看它们衔走海平面上漂泊了很久的干面包，与一位满头银发的老太太聊人生苦短，拎着一袋满是葱香的花卷坐在草堆旁，陪一只秃了顶的野狗坐上一整个下午……

每一件事，每一个对象，每一次时间的投入，都理应该对应上你的全部心思。

你肯坦然度过当下，时间就是你的时间。

你若别扭硬上，时间就是浪费的时间。

一个人的内心世界，起初就像一个空荡荡的荒野，种满花便是花园，盖了房子便是庄园。

如果今儿撒一把花种子，明天扔一车红砖，后天又转了心意要种草皮，那最后只能是四不像。

荒地需要规划，未来的呈现才越看越顺眼。

人生需要专注，站在不远的高处才能一览过往迷茫瞬间。

生活总归是你的，把无关自己的扔干净，把有关自己的一股脑收纳起来，然后将生活规划成一条可以无限精进的希望之路。

再乱，也不会乱到哪儿去了。

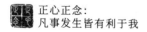

罗曼·罗兰在《约翰·克利斯朵夫》里写道：

大部分人在二三十岁上就死去了，因为过了这个年龄，他们只是自己的影子，此后的余生则是在模仿自己中度过。日复一日，更机械，更装腔作势地重复他们在有生之年的所作所为，所思所想，所爱所恨。

其实很多人状态差，并不是感觉人生真的跌入了谷底。

令人感觉糟糕透顶的状态，其实是原地打转。

过往已定，未来不可期，任谁摊上了都窝火。

每每这个时候，别慌慌张张就把自己一把火点了扔进火堆里，去赌一把火势更胜的虚无。

**越是慌不择路，越是要停下，拿出耐性来陪陪自己。**

**能把自己梳理舒坦了，才是跑赢人生最好的预备姿势。**

# 五
# 不喜欢就撤，松弛的人生也值得一过

●

认识一个酷女孩，她处理分手后的状态令人拍案叫绝。

那年我们从不同的城市飞到目的地酒店后，大家看到她，都心照不宣地对她的感情状态只字不提。

就在一个月前，她刚经历了一生中略微尴尬的时刻。

发出去的请帖，不算数了，挨门挨户去通知收帖人，逐个给大家退回了新婚红包。

尽管我们几个跟她交情颇深，可依然在敢问与不敢问的边缘徘徊了很久。

成年人最大的默契共识就是，人家没主动提起，那就是不想被问及。

那天卸下行李，各自稍作整顿后，一起来大堂吃了个下午茶。

她似乎也意识到了大家话里话外的避讳，以及情绪上的小心翼翼，索性抓着手机一拍桌子。

"妹妹们，别拘着了，姐姐我没事！"

手机亮起的那个瞬间，我偶然注意到一个奇怪的壁纸。

黑乎乎一大片，几行白字，还点上了几根歪歪扭扭的蜡烛。

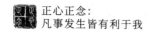
没等我问，她嘿嘿一笑。

"这个啊，都是他发给我的绝情消息，我挑了几条拼了个图做成屏保，每当心思活络，想要卑微地再挽回一下的时候，一低头就绝了这个念头了。"

天啊，她这法子，真是既令人心疼，又叫人叹服。

我们之前都不敢问，是因为都知道她几乎把这一生最热烈的爱意都给了这个男孩子，得知了二人婚前分道扬镳的消息后，每个人都觉得，她的天一夜间塌了。

可她，不但有条不紊地把所有因爱而生的后续一一化解平整，而且朋友圈里竟看不出任何失意的痕迹来，据说年底还拿到了公司的最佳业绩奖奖金。

见了她手机壁纸，才知道她在漫长岁月里的洒脱是如何一步步磨炼出来的。

若去意已定，便埋头积攒失望，失望攒够了，就成了别人眼中那个放得下的酷女孩了。

**所有云淡风轻背后，都是万箭穿心的痛苦。**

●●

做 HR 的潘姐，看到网上流传的 00 后工作态度的视频段子后跟我吐槽，不能说完全一样吧，简直就是原版复刻，说更甚也不足为过。

视频里总是浮夸地把一些员工的家境设定为富二代，然后在老板提出加班要求的时候，表示要着急回家帮妈妈收十几套房子的房租之类的。

其实现实生活中，家境平平的年轻人，也大有这番来去自由的架势。

潘姐说，前两天就有个部门经理来她这儿掩面而泣。

部门经理跟新招来的小女孩发消息说：XX，下班后你留一下哈，我想跟你碰碰方案。

小女孩直接回了两个字：不行。

这简单明了的两个字，如春日惊雷般，一下劈在了部门经理的脑门上。

没有迂回，没有委婉，也没有抱歉。

良久，部门经理卑微追问，为什么啊。

女孩回答说：因为我已经到家了。

不知道从什么时候起，中年人的毒打不再来自同辈厮杀，而是来自初生牛犊的微微一笑。

我听完大笑，问她：那是不是现在招新人比以前难多了？

潘姐摆摆手，那倒也不。既然时代决定了这一代年轻人都是这种洒脱干脆的态度，我们用人标准也不能死磕以前那种老牛犁地无怨无悔那一套了，你只能迎着年轻人这种行事风格另一面的积极影响去自行看开，比如干净利落，比如个性鲜明，这样大家相处起来才不会都累。

我当时突然想到一句应景的话，适可而止真的比什么都好。

**拥有时便全心投入，分开后便只字不提。**

要，便清楚地要。

不要，便别拉扯得那么难看。

**年轻人的果敢劲头，看上去是一种不顾后果的任性，同时又带上了一丝看破红尘的理性。**

这么说起来，倒是还蛮佩服。

∵

以前在公众号的后台里，经常碰到一些举棋不定的孩子。

问我家里人不支持自己去一线城市打拼，要不要坚持？

男朋友提了分手，但自己感觉两个人缘分未尽，要不要厚着脸皮再往回追一追？

十年老友突然形同陌路，主动发过去的消息回得很尴尬，生日这天明明叫了很多人去他家却独独没有叫你，要不要找一个瓢泼大雨的午后，去揪着他的脖领子问个明白？

甚至还有"大明白"，直接上来就说，自己什么道理都懂，所有的逻辑都能想通，就是犹犹豫豫地做不了决定迈步出这一步，求轨姐骂醒。

多数时候，面对这种情形，我也讲不了大道理。

规劝是最没意思的事，尤其是跟素未谋面的人。

如果非说不可，我只会说一句，觉得值得就继续，觉得没意思就算了。

烂道理也好，烂人也罢，陪着你骂，陪着你梳理，到头来也抹不平你心头的不平意。

他很烂，说了很多伤害了你的话，在爱情里没有原则，永远在你最希望他坚定的时候摇摆不定，可万籁寂静时，你又没皮没脸地想他，想要一句道歉，想要一声"我在你家楼下了"，想听一句"宝贝，别哭了"。

可你知道，就算如意得到了这些，也不能怎样。

你知道他不是一个好的结婚对象，你知道他不会只伤害你这一次，你知道未来山高路远总会还有更好的别人，你只当是过不去眼下时光。

但你总归要知道，决策的依据，始终不该是伤心，而应是理智。

**悠悠众口不重要，撕心裂肺的思念不重要，当下是个什么都做不了的废物也不重要。**

**重要的是，你要明白，真正的洒脱，是包容感性的当下，决策理性的远方。**

在很长一段时间内，我都在要求自己不去过度表达。

喜欢三分，便表达三分。

厌恶两分，便表达两分。

无论是人、事，还是一张饭桌，喜欢就去，不喜欢就撤。

**周全的人生很华丽，但也很辛苦。**

总有人能分毫不差地把所有的环节打理得任何人都挑不出任何岔子来。

但若你像我一样，一身毛病，常常没办法完全按捺住自己的小情绪，那便学着去缩小自己的能力范畴。

**决策得了的，又喜欢掺和一脚的，大可以去。**

**左右不了的，又担心惹出一堆自己招架不住的是非的，大可以撤。**

石黑一雄说，我认为人的一生中总会有某个时刻，需要坚守自己的决定，一个说这就是我，这就是我的选择的时刻。

我觉得人人都需要这样一个属于自己的选择时刻。

不为烂道理，不为烂人，不为我们受过的千百种为他人着想的教养，不为悠悠之口，不为虚荣的维护，只为自己。

你若坚守过一次，便能体会到真正发自内心的洒脱。

# 六
# 有预留，就有侥幸

●

全职写作以来，除了赶飞机，几乎好多年都没有调过手机闹铃了。

但自从女儿上幼儿园以来，手机需要上闹铃的日子又回来了。

只是，在如何设置闹铃的频次上，我跟先生产生了分歧。

先生上闹铃的习惯，是每天早上需要设置三个时间点的闹铃连续闹。

而我，最受不了谁接二连三地来"闹"我，坚持只设一个必起点。

为了说服他，我还给他讲了一段闹铃往事。

之前在同一个公司上班的姑娘跟男朋友吵架了，为了让对方知道事情的严重性，她决定"委屈"自己跟我挤一晚上。

尽管我一再表示她执意受这样的"委屈"大可不必，可她依然坚定摆摆手，裹起浴巾，一边往卫生间跑，一边说是时候该吃点爱情的苦了。

由于第二天早上还得上班，所以我决定先眯一会儿，等她洗完我再去洗。

不知道过了多久，我就被她无情地摇醒了。

"轨，快醒醒，你设闹钟了吗你就睡？"

我迷迷瞪瞪地揉着眼，烦躁地回她："谁设不一样？你设一个不就完了吗？"

姑娘道："不行，我设没用，天底下没有一个闹铃能成功把我闹醒。"

想了想她每天的迟到记录，心想她所言不虚，便抓过床头柜上的手机设置了一个 7：40 的闹铃，打算接着眯会儿。

结果姑娘见状惊恐大叫："不是吧？不是吧？你设闹铃就设一个？这不等于没设？"

我一时语塞，竟有那么一瞬间特好奇旁人的闹铃都是怎么设置的。

看了一下那姑娘的，立刻明白了闹钟的另一番模样。

从 6：55 到 7：50，她竟然设置了 10 个闹铃？

就这样，一个月还迟到八回？

姑娘跟我说，每天早上，她都不知道自己是怎么成功伸手 10 次关掉这 10 个闹铃的，把这事告诉她妈，她妈都说她这是故意不起床。

她委屈巴巴地说，她去网上搜了各种方法，学人家买啥闹钟车，闹铃一响就满地跑，你得从床上一跃而起下地给它活捉关掉，闹钟车才消停了。

可她每次要等到隔壁邻居来砸门，才会意识到闹钟车已经跑了半小时没歇了……

我就问她，那你闹钟车就只设置了一个闹铃，为啥还是会下意识地选择听不见？

她说，因为担心自己身手不够敏捷，无法擒获敌人，所以她给抓闹钟这项强健体魄的工作预留了 15 分钟的时间……于是就等于又设置了数个 15 分钟的间隔铃。

**有预留，就有侥幸。**

侥幸自己在 15 分钟的时间内会有一分钟幡然醒悟惊坐而起。

而事实上，最管用的闹钟就是，只设一个。

如果这个铃响了不起，就意味着迟到、错过，再无回头路。

知道这一点，你就会放弃自我催眠，你就不敢麻痹自己"我还有时间，我还有机会"。

●●

饭桌上听来一个故事。

猛男阿贤买了某知名电动汽车，当时买车子的时候，有个活动，随车附送了一些代驾券。

有了这些代驾券，阿贤便可以在完全不肉疼的情况下实现了喝酒自由。

自此，甭管参加啥酒局，阿贤都是开车出行，喝完酒让代驾把他送回家。

只是用了一段时间后，公里数只剩下了 12 公里。

那天下了酒局，阿贤打开软件一看，喝酒的地方距离他家

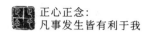

刚好 13 公里？

这意味着，这次不能使用代驾免费回家了，得自己掏钱支付一公里的费用。

阿贤不甘。

这叫啥事？心想，以前都能免费，现在凭啥不能了？那我能同意？不能够。

于是阿贤当即生了一智，决定自己先偷偷摸摸开上 1 公里，再原地叫代驾，这样就可以分文不出地免费了。

不幸的是，就在这 1 公里的路上，阿贤被抓了……

于是，阿贤就成了驾照被吊销以及处于取保候审状态的阿贤了。

有人叹，就 1 公里，这哥们儿好倒霉。

墨菲定律不是告诉我们了吗，活着就是怕啥来啥。所以，不要跟侥幸赌侥幸。

**任何事都没有表面看起来那么简单，别总想着自己能算计赢定律。**

我们永远不知道，未来某天，谁人可得侥幸，谁人又枉送性命。

之前看综艺——《心动的信号 4》。

洪成成（橙子）和马子佳在海边散步聊天，橙子提出了一个"恋爱风景论"。

她问：如果你买了张去某个景点的车票，这趟车的特点是不会停下来等你，那你在路上看到不一样的风景的时候会下车吗？

马子佳毫不犹豫地回答："看到喜欢的风景当然会下车。"

其实这套"恋爱风景伦"，是女孩子对眼前这个摇摆不定的男生的试探。

在她看来，所谓爱我，就是一眼定情，就是坚持和偏爱，就是再有别的女孩子来招惹你，你是连看都不会看一眼的。

而最终，马子佳的选择，也如同他在"恋爱风景论"里的答案一样，看到了别的风景，就中途下车，从喜欢橙子变成了喜欢了小孔。

一旦下车看了别的风景，就扛不住了，这种行为是女生眼中公认的"渣男行径"，所以马子佳被骂惨了。

女孩子们骂他的时候，也并不是真的要支持谁。只是大家都在默默吞下不曾对谁说过的心酸。

如果可以，谁不想要被偏爱？

其实有一期《心动的信号》里出现过女孩子心目中的男生天花板——赵琦君。

你记得小时候买鞋吗？买鞋的时候，看到了一双自己喜欢的，之后再看到其他的鞋，都不会去买了，就只想要那双鞋。你相中的那双鞋就在你心里了，就不会再看其他的鞋了。

如果爱情在你心里还神圣，那捡到自己喜欢的贝壳后，就永远不要再去海边了呀。

••
••

不要以为自己常在河边走，还可以毫发无伤地回来。

弗洛伊德说：人的内心，既求生，也求死，我们既追逐光明，也向往黑暗，我们既渴望爱，有时候却又近乎自毁地浪掷手中的爱，人的心中好像一直有一片荒芜的夜地，留给那个幽暗又寂寞的自我。

可能，当你走上与自己预期中截然不同的另一条路时，再回头，连你自己也解释不清楚当初的癫狂。

所以，手机闹钟只设置一个就好了。

想好了目的地就别随意中途下车了。

**笃定了一个人就别浪得没边了。**

# 七
# 过溢满欢喜的绝版人生

●

我常常收到一些关于转行当全职作家的咨询，有时候来自同龄人，有时候来自一些心情烦闷的学弟学妹。

有一个学妹在读大二的时候就加了我的微信，隔三岔五就给我发几篇自己写的东西，要我看看水准行不行。

我看完后，几乎每次都会告诉她，喜欢就一定要坚持写下去啊。

后来学妹毕业后，去一个进出口贸易公司做了一段时间的销售，不是太开心，又一次跑来问我，她全职写作这件事靠不靠谱。

我问她，之前给到她的一些投稿途径，有没有试着投过稿子啊？

她愣了一下，说，没有。

我又问，为什么不试试啊？

她说，怕写了没有用，过不了稿，浪费了时间，磋磨了积极性，到头来一场空。

听她这么一说，我都被她气笑了。

我见过太多太多明明确实羡慕旁人生活，可轮自己去触及的时候，却蹙着眉头说懒得伸手的人了。

很多人把一种向往的生活方式，看成是一种一尘不染的等待。

等待烦恼结束，等待财务自由，等待爱情降临，等待心平气和。

之后，再去追求向往的生活。

可人生的路径向来由不得你我一掰两半，上半场做无爱的杀手，下半场做泛滥的生活家。

**你要在无用的世界里积攒有用的可能，才能在有用的世界里享受到无用的晚风。**

就像林清玄先生说的一样：一尘不染不是没有尘埃，而是任尘埃飞扬，我自做我的阳光。

我们总要清楚，生活其实一直在路上。

**没有人可以在展开理想生活之前，清晰地摸到一个确切的开始按钮。**


●●


在一家网站上，我发过一个有关写作经历的帖子，也不知道是如何摸到了流量密码，突然点赞量爆掉了。

一时间，私信箱收到了很多留言。

印象最深的是，一个四十几岁的大哥，说自己中年创业失败，欠下一屁股债，突然不知道从哪儿下手，才能改善当下的局面了。

慌乱之下，他去干了很多自己并不擅长的体力兼职，拿到了只够饭钱的薪水后，焦虑一下翻倍了。

他问我，缺不缺助理，他想给我当助理，他实在是不知道自己到底能干什么了。

我当时既尴尬又为难。

尴尬的是他找工作的逻辑，不知道自己能做什么，张口就来要活干。

为难的是他当下的处境，本该是路径清晰的年纪，却不得不放下脸面突然给一些素未谋面的陌生人发私信碰碰运气。

我说，给我做助理，赚不到大钱，也无法一时间改变你的债务状况，不过你如果真对写东西感兴趣，不妨把自己的经历先写下来。

大哥倒是很坦白，说试过了，写一百字能崩溃八回，总是要写字，就要质疑做这一切的意义。

我顿了一下，索性狠下心来，直接回了他：你现在的状态，恐怕不适合写东西。

其实我向来不愿意给任何人定性，适合什么，不适合什么，该做什么，不该做什么。

人与人之间相处时，本就隔着一层，我看不清你心底的涟漪，你看不见我眉心的微妙。

可我十分确定一点，一个人不能享受当下，那当下的一切便都错了。

以前有人问我，怎样才能确定自己走写作这条路是行得通的呢？

我说，当你一个人读一本书，听一场雨，写一些字，你不觉得慌，不问自己有什么用，不觉得是在浪费时间，并且觉得心里是满的，那这条路就是行得通的。

能够写作变现，能够靠写作过上体面的生活固然是好，但如果这件事做起来看上去并没有什么意义，但你写作时的心态，整理心绪后获得安宁，那这条路也能行得通。

唯独一样，你游走山川湖海，却总馋厨房与爱，那就没戏。

**有爱煲汤，无爱流浪，不要总站在原地等暴雨过境，要学会在雨中跳舞也要尽兴。**

:·

我曾跟一个关系极亲密的姑娘，讨论过一个话题。

那一年我结婚，她子然一身坐飞机跑来时，距离上一段恋情结束刚好三年。

中间见过一些人，也试着爱过谁，但最后都没有结果。

见往日那个风姿飒爽的酷女孩，如今常常选择一个人孤零零坐在角落里微笑，整个人淡成了一朵漂泊的云。

我便问她，你是否考虑过这辈子真的能接受一个人孤独终老？

姑娘后背一僵，掐灭了烟头。

她笑笑说，我确实认真想过这个问题，我觉得我倒是能接受这样一个结果，但我妈恐怕不太行，虽然她嘴上说没问题。

我也笑，觉得她真的很像几年前的我。

没遇上对的人，每天也在养花种草，读书写字，觉得一个人淡淡地这么过竟然也挺好。

遇到对的人，觉得两个人一起做这些，也完全没问题。

很多人无法自如地做选择，很大一部分原因还是太在意旁人。

就像山本文绪说的那样，比世人更可怕的，实际上是你在意世人目光的那颗心。

有时候我们越过了世人的目光，却还是逃不开亲人的目光。

**很多人心中的大自在，其实很简单，有中意的人，便一起玩，没中意的人，就自己玩。**

倘若可以由着内心率性而为，囿于厨房也罢，随你流浪也罢，都算是开心的日子。

**∷**

年少时，觉得爱就是偏要勉强。

不喜欢我的人，要动本事让他喜欢上我。

突然疏离的朋友，要花心思让她重新把我放在心尖上。

空荡荡的房子，要用标志着生活姿态的零碎把它填得满满当当。

可现在，喜欢上了定期打扫，边走边看。

记不起名字的人，说删就删。

用不上的零碎物件，说扔就扔。

**狼狈时拥抱英雄梦想，得意时抬头去看月光。**

这一路，能扔的扔，能忘的忘，学着边走边玩，在任何时候，

要努力把任何一种普通琐碎日子，过成溢满欢喜的绝版人生。